NOCH MEHR FUSSEL AUS MEINEM
LEICHENTUCH

TEM

Patillas Bernard
Şchmÿth

EDITION Schmidt's Band 03

Bestellkontakt: filosof@gmx.net

Kontakt zum Autoren: UweSchmidtAutor@alice.de

T.: 0177-649 35 57

F.: 040 – 432 66 188

F.: 040 – 432 66 188

Bramfelder Chaussee 252

22177 Hamburg

Herstellung und Verlag:

BoD - Books on Demand, Norderstedt

ISBN 978-3-7322-9938-6

Noch mehr Fussel aus meinem Leichentuch

Noch mehr

Fussel

aus meinem

Leichentuch

pre   mortem

oder

die Saat
der wilden
Siebziger

Kurzgeschichten, Erzählungen und Essays

von

Patïllas Bernard Şchmÿth

alias Uwe Schmidt

Mit Illustrationen
des Malers

Uwe Schmidt

alias

W. – T. Peacepath

alias

Diddi Darlow

Danksagung

An dieser Stelle möchte ich mich bei all meinen Lesern bedanken, die die ersten beiden Bände meiner Fusssel Reihe gelesen haben und es mir damit ermöglichten, nun auch den dritten Band zu veröffentlichen. Ich hoffe, dass sie alle auch an diesem Band so viel Freude haben, wie an den beiden vorhergehenden Bänden.

Vielen Dank, der Autor

Inhaltsverzeichnis

Vorwort

Die Lebenserfahrung wird geprägt von vielen, sehr vielen Hoffnungswegen, die sich dann doch immer wieder (leider) als Irrwege zeigen.

Künstler kennen diesen steinigen Weg, denn das Wollen, ein Einkommen zu generieren, dass dem bürgerlichen Leben ebenbürtig ist – ein häufig geträumter Traum der Jugend!

Wer aber die Lernmöglichkeiten erkennt, Werte findet, die mehr sind als die pseudomässigen Ideale der Konsumgesellschaft, der hat auch etwas zu sagen. Ob es das ‚tiefe Desinteresse' an Politikern ist, gleichzeitig aber die Liebe und Achtung zu den tiefgreifenden und bewegenden gesellschaftlichen Fragestellungen – die Anmerkungen sind ein Genuss zum Lesen.

Es sind nicht die verschiedenen Lebensläufe und Situationen, die ihn beschäftigen, Nähe, Aufmerksamkeit, Kampf um Anerkennung – eingebettet in zarter Behutsamkeit, egoistischer Präsentation und dem Erstaunen über Ablehnung. Lebensbilder eines offenen und kämpferischen Menschen, nicht streitbar, aber immer mit dem Auge für den Anderen.

Die Triebfeder ist immer die Begegnung, mit fremden Menschen, Kindern und Lebenspartnern, sexuellen Lebensträumen und den gesellschaftlichen Strukturen – mit all ihren abstrusen Einflussmöglichkeiten. Er hat liebevolle Namen für seine Partnerinnen, die ihm auf Zeit zur Seite stehen und ihm freudige und eindrucksvolle Erlebniswelten öffnen. Was zum Leben auch gehört, zeichnet er mit ehrlichen und deutlichen Worten – verlassen und verlassen werden ist ein zentrales Motiv.

Skizzenhaftes, fast malerisches Gestalten wechselt sehr präzise mit Konkretem. Dabei manipuliert er sehr bewusst – aber subtil. Die in ihm schlummernden Talente brechen eruptiv hervor und geben der Kreativität Worte.

Dabei sind seine Geschichten ein Aufbegehren nach Autonomie und Nähe. Ein Spannungsbogen, der viele Identifikationsansätze bietet.

Jetzt, im gereiften Alter, kann er seiner Kunst wirklich leben.

Ein Zeitdokument mit herausragenden Bildern, ein Zeugnis grosser Stärke, immer auf der Suche nach dem Weg der Erfüllung der Hoffnung, nie verbittert oder mit Vorwurf. Ein grosses Glück, Einblicke in ein erlebnisreiches und gefühlvolles Leben zu bekommen.

Viel Spass, träumen und gute Gedanken, eine Werkschau der besonderen Art.

Die Hilfestellung, die ihm zur Seite geht, „in erlebnisreichen Worten" nachgerade zu malen, rührt daher, dass er gleichfalls als Zeichner und Maler ein Könner von starker

Ausdruckskraft wie ebenso emotionalen Empfindens ist. In Worten wie in Bildern drückt er Lebensgefühl und Erfahrungswelt des eigenen Seins aus. Uwe Schmidt studierte Philosophie und Soziologie; dieses Studium ermöglicht ihm, über den rein narrativen Rahmen der Schriftstellerei hinaus seinen Werken ein inneres Korsett, ein Gerüst zu geben, welches dem Leser die Gewissheit vermittelt, hier wird nicht nur erzählt, hier schreibt ein Mensch, dessen Lebensweg sowohl gelebt als auch gleichermassen erlitten wurde. Gerade diese Verbindung macht seine schriftstellerischen Werke, ob Dichtkunst, ob Prosa zu einem faszinierenden Erlebnis. Den Leser verlangt es nach mehr!

Robert Michael Sean (dtsch/kan. Kunstkritiker)

Über den Autoren

Patïllas B. Şchmÿth®©, alias Uwe Schmidt. Der Name ist vom spanischen Backenbart "patillas" abgeleitet. Salvador Dali wurde wegen seiner Koteletten „Senior Patillas" genannt, und da Uwe Schmidt diesen Maler sehr verehrt, hat er Patïllas in sein Pseudonym übernommen.

Das **B** steht für den Namen Bernard aus Huxleys „Brave New World". Schmidt fühlt sich der Romanfigur „Bernard Marx", zwar nicht in der charakterlichen Ausprägung, wohl aber in der emotionalen Struktur, sehr verwand, weshalb er sich dieses B. in seinem Pseudonym nicht verkneifen konnte.

Şchmÿth handelt nach dem alten Grundsatz *„aien aristeuein kai hypeirochon emmenai allon"* ständig lernen, aufgeschlossen für Neues und vorangehen. Dabei sind wichtige Ziele aidós (*Respekt und Rücksicht*), éleos (*Mitleid*), kiéos (*Ruhm*) und timé (Anerkennung), die als wesentliche Bestandteile seiner Lebensplanung in seine Arbeiten einfliessen.

Als kleine Macke und als schmunzelnden Seitenhieb auf seine Lehrer, die mit seiner kreativen Rechtschreibung als Legastheniker nie zurechtkamen, schreibt er alle „**ß**" als „**ss**", in besonderen Fällen, wenn es für das Verständnis notwendig ist auch mal als „**sz**". Nur in Eigennamen wie zum Beispiel „Mönckebergstraße" bleibt das „**ß**" was es ist. Es ist eine kleine symbolische Rache für die „Rechtschreibung 5" seines Zeugnisses der Mittleren Reife, die ihm seine Deutsch-lehrerin verpasste ohne die später erkannte Rechtschreibschwäche (Leghastenie) zu erkennen.

Diese Sammlung ist Teil seines Hauptwerkes „Lexikon der Parallelwelten, in dem er sich als Diddi Darlow in sein Leben zwischen einer Existenz als Maler und Graphiker, allein erziehender Vater zweier pubertierender Kinder und als Spielball intergalaktischer Intrigen verheddert. In dieser Bandbreite werden sie in seinem Hauptwerk mit Musik, Lyrik, Abenteuer und neuesten wissenschaftlichen Erkenntnissen konfrontiert, aber auch mit Science Fiktion und der Welt der Fantasie, und immer wieder erzählt er erotische Abenteuer, die sein Leben wie Klebstoff zusammenhalten, aber auch in den ungünstigsten Momenten ausbremsen.

Ein Zwilling in Krün

Ich erwache, weil mich ein Fuss recht unsanft unter meinem Kinn trifft. Ich ducke mich zur Seite und der nächste Tritt geht ins Leere. Ich versuche zu reagieren und versuche ebenfalls meinen unbekannten Gegner zu treten, aber mein Bein stösst gegen etwas Elastisches, und so wird der von mir gewünschte Tritt durch diese weiche, durchschimmernde Wand abgefedert, aus der auch die Attacke auf mich kam. Wer ist der Feind?

Für einen Moment verhielt ich mich ruhig, abwartend, aber es kamen keine weiteren Tritte. Stattdessen sickerte eine ferne Melodie zu mir durch, ich drehte mich ein wenig und begann zu dösen.

◉

Bilder stiegen in mir auf, längst Vergessenes kam aus der weiten Ferne der Vergangenheit auf mich zu, Erinnerungen von einem Urlaub mit meinen Eltern – immer unter Aufsicht, immer in Sichtweite. Erinnerungen von Liebe und umsorgt werden, von Schutz, der wie Gefängnismauern war, während draussen die

Abenteuer lockten. Fesseln gegen Erfahrungen, dafür zum Ausgleich Essen à la carte. Nachts haben uns unsere Wirtsleute geweckt, die erste Mondlandung wurde im Fernsehen übertragen. Menschen auf einem fremden Himmelskörper und ich durfte nicht einmal allein zu Fuss ins Dorf.

◉

Ein Stoss aus der elastischen Membrane ging knapp an meinem Kopf vorbei, und ich hob meine Fäuste im Reflex vor mein Gesicht, schwamm in etwas Flüssigem, umgeben von einer durchsichtigen, sehr elastischen Haut oder so etwas Ähnlichem, durch die man nur schemenhaft etwas wahrnehmen konnte, und die ferne Melodie wurde dominiert von einem eintönigen Schlagzeugrhythmus, der sehr monoton so bei 120 bpm vor sich hinarbeitete. Dieser Rhythmus überlagerte alle üblichen Geräusche, wie die pulsenden und rauschenden und die regelmässige Atmung. Ich nickte wieder ein und meine Träume zogen mich zurück nach Krün.

◉

Ich lag im Bett. Im Nebenzimmer wohnte ein blondes Mädchen. Sie war sehr schön, kam aus Köln und ihr Vater arbeitete bei BASF, den Badischen Anilin & Soda-Fabrik, einem Chemiekonzern. Sie war etwas jünger als ich, um Längen selbstbewusster und ihre Eltern liessen ihr viel mehr Freiraum, sehr zum Entsetzen meiner Mutter und zu meinem Entzücken.

Es entwickelte sich eine sehr erotische Beziehung, nein besser, sie schob mich sachte und doch direkt in eine solche hinein und ich war ihr und meinen Hormonen absolut ausgeliefert bei ihren Bemühungen, ihre weiblichen Reize an mir auszuprobieren. Natürlich blieb unsere Beziehung rein platonisch, denn obwohl meine theoretischen Erfahrungen, wie ich glaubte, enorm waren, hatte ich keine Praxis im Umgang mit gleichaltrigen Mädchen.

Und so spielte Petra, so hiess die wunderbare, blonde Sirene, die mich betörte, auf ganz liebenswerte Weise mit dem grossen, dummen Nasenbären, in dem sie ihn am Ring durch die Arena führte, die in diesem Falle der Garten unserer Vermieterin des Fremdenzimmers war. Der Nasenbär tanzte und war auch noch glücklich darüber.

An einem Tag zum Beispiel, es langweilte mich sehr, und alleine durfte ich ja nicht ins Dorf, klopfte ich an Petras Zimmertür, wartete artig das „Herein" von ihr ab und sah nach dem Öffnen ein halbnacktes, wunder-schönes Mädchen, das sich augenscheinlich erschrocken und dennoch in Zeitlupe ihre Blösse mit ihrem weissen Bademantel bedeckte. Was für ein Anblick!

Mein Starren und die in der Trainingshose wohl unübersehbare Erektion, wurden von ihr durch wissendes Lächeln und intensive Blicke auf diese, meine Beule, beantwortet.

„Hast Du Lust Federball mit mir zu spielen",

stammelte ich mein offizielles Ansinnen, denn meine geheimen Wünsche waren ja eh gut sichtbar.

„Ja, gute Idee", kam die Antwort, *„geh' schon mal vor, ich muss mich noch umziehen, denn sonst denken die Leute Schlimmes von uns, in diesem Aufzug".*

Ich ging brav hinaus und auf mein Zimmer, um meinen Ständer schnell herunterzuarbeiten und die feuchte Wäsche zu wechseln. Dann ging ich hinunter auf die grosse Wiese hinterm Haus, auf der das Federballnetz gespannt war, setzte mich und wartete auf Petra.

Kurz darauf tauchte sie auch auf, in einem superknappen, zitronengelben Bikini, und ich bemerkte, dass dieser Bikini Sinn machte, denn das Oberteil hatte richtig etwas zu tragen – wow! Das war ein in den 60er Jahren unerhörtes Teil, und meine Hose bekam sofort wieder eine Beule.

Entsprechend schlecht spielte ich auch, denn der Anblick der bei jedem Schlag hüpfenden Brüste brachte meine Spieltechnik und meinen Hormonhaushalt völlig durcheinander und lenkte meine Blicke auf Abwege. Und sie nutzte das schamlos aus, um mich lächelnd in Grund und Boden zu spielen.

Sie warf den Schläger vor das Netz.

„Komm, wir gehen spazieren, ich hole nur meinen Bademantel", sprach's und entschwand. Ich hatte so in etwa hundertdreissig zu zehn verloren.

Kurz darauf nahm sie mich einfach bei der Hand und trabte mit wehendem Bademantel völlig unbekümmert in Richtung Waldrand, während ich mich über die Schulter umsah, ob uns auch niemand beobachtet, denn solche Eskapaden hätten mir meine Eltern nie erlaubt.

Ein heftiger Tritt in den Bauch riss mich aus diesen wunderbaren Erinnerungen, aber diesmal trat ich reflexartig zurück und hatte auch etwas jenseits der Membran getroffen. Die Flüssigkeit, in der ich schwamm schwappte rhythmisch unter leise glucksenden Geräuschen, und es setzte eine schaukelnde Bewegung ein, die mich schläfrig machte, und so erschien vor meinem geistigen Auge alsbald wieder die Szene von Petra und mir auf dem Waldweg.

Als wir ausser Sichtweite der Pension waren, zog sie mich in den Schatten auf einem umgestürzten Baumstamm.

„Hast du schon mal ein nacktes Mädchen gesehen?"

„Auf Fotos – und meine Cousine Monika".

Natürlich hatte ich schon jede Menge nackter Mädchen und Frauen gesehen, aber entweder waren es uninteressante Familienmitglieder, Mutter, Oma und Tanten, oder nur Fotos, nie aber so ein wunderschönes Geschöpf direkt vor mir.

„Cousine zählt nicht".

„Stimmt. Und Du – hast Du schon mal einen nackten Jungen gesehen?"

„Auf Fotos – und meinen kleinen Bruder".

„Zählt auch nicht".

Es folgte minutenlanges aufgeregtes Schweigen.

„Möchtest Du mich mal nackt sehen?"

Ich merkte wie mir mein Blut ins Gesicht und in meinen Penis schoss, klar wollte ich, und wie ich wollte, aber ich bekam kein Wort heraus, sah sie nur begierig an und konnte mit der Situation überhaupt nicht umgehen. Ich war am Haken.

Sie stand auf, zog ihren Bikini unter dem Bademantel aus und stopfte ihn in die Taschen ihres Bademantels. Dann öffnete sie den Bademantel und stand etwas verlegen vor mir in ihrer ganzen schönen Nacktheit und ich schaute neugierig und genauso verlegen zurück. Die Beule in meiner Trainingshose wurde an der Spitze dunkel. Meine rechte Hand bewegte sich wie ferngesteuert auf ihre kleinen spitzen Brüste zu.

„Deine sind viel hübscher als die von meiner Cousine".

Sie lächelte mich an, die Zeit verlief wie in Zeitlupe und ein Gefühlschaos durchströmte mich, das ich nicht ordnen konnte.

„Du darfst sie anfassen"

Ich legte meine Hand auf ihren heissen Busen, und tausend Volt zuckten durch meine Glieder, während ich heimlich auf ihre blonden Locken in ihrem Schoss schielte. Als sie das bemerkte, öffnete sie ein wenig ihre Schenkel. Einige Tröpfchen glitzerten in ihrem Busch und ein köstlicher Duft stieg in meine Nase. Jetzt standen wir ganz nah beieinander und ich konnte ihren Atem fühlen. Meine Hand wanderte ganz langsam von ihrem Busen über ihren heissen Bauch zu den duftigen Locken, immer darauf gefasst, aufgehalten zu werden. Sie hielt still, drückte sich sogar ein wenig gegen meine Hand und ich war hypnotisiert, wie in Trance.

„Jetzt du!"

Ich wachte irgendwie auf, zögerte.

„Zieh´ die Hose herunter, ich will ihn sehen".

Ich zog meine Trainingshose und meine Unterhose zusammen herunter, und beide fielen mir auf die Füsse während mein Penis in Richtung Bauch federte. Ihre Hand kam ihm entgegen und ich hielt die Luft an. Sie hielt kurz inne, doch als ich ihr zunickte schloss sich ihre Hand um den Schaft meines Schwanzes. Ich hätte schreien mögen ob dieses einmaligen Gefühls, aber mein Hals war trocken und ich brachte keinen Ton heraus. Sie schob meine Vorhaut ein wenig zurück und im selben Moment schoss eine Samenfontaine heraus und landete auf ihrem Bauch. *„Igit igitt"* rief sie und ihre Hand zuckte zurück.

Sie schlang ihren Bademantel fest um ihren Körper, rieb sich den Bauch und verknotete den Gürtel, ich zog schnell meine Hosen wieder hoch.

„Igitt ist das klebrig", sagte sie und rieb sich ihren Bauch. Wir setzten uns schweigend auf den Baumstamm. Sie holte eine Schachtel Zigaretten aus der Tasche ihres Bademantels.

„Willst Du eine?"

„Ich darf nicht".

„Sieht doch keiner". Ich nahm eine LUX, sie gab mir Feuer und zündete sich auch eine an. Wir mussten beide husten. Verdammt ist erwachsen werden schwierig.

„Haben wir jetzt Petting gemacht?", fragte sie.

„Ich weis nicht, aber schön war es, irgendwie, aber auch komisch".

„Ja, irgendwie", nickte sie, *„jetzt haben wir ein tolles Geheimnis"*.

„Erzählst du es deinen Eltern?"

„*Nein, dann wäre es doch kein Geheimnis mehr*".

„*Darf ich noch einmal deinen Busen anfassen?*"

„*Nein, heute nicht mehr, aber morgen vielleicht, wenn du magst*".

Ich nickte, natürlich wollte ich, dann musste ich husten wegen der Zigarette. Petting ist toll, aber rauchen ist blöd.

„*Ich finde rauchen doof*", sagte ich, warf meine Kippe weg und trat die Glut ganz exakt aus, wegen der Waldbrandgefahr.

„*Aber Du petzt nicht dass ich rauche?*"

„*Logisch, ist doch klar, natürlich nicht*".

„*Gehen wir jetzt zusammen*", fragte sie?

„*Joaaaa!*", kam es bei mir spontan und sie gab mir einen Kuss auf die Wange, drückte meine Hand ganz fest und nahm mich in den Arm. Ich merkte, dass ich wieder rot wurde.

„*Komm, lass uns verschwinden, da hinten kommt mein Vater, der sucht mich sicherlich.*"

Sie sah sich kurz um, dann nahm sie mich bei der Hand und wir liefen querfeldein in den Wald, bis wir völlig ausser Atem waren. Erst nach einer Stunde gingen wir zurück.

Zur Strafe durfte ich abends nicht mit ins Dorf, sondern musste in der Pension bleiben.

Gleich als meine Eltern weg waren, kam Petra auf mein Zimmer. Ihr Vater brachte uns noch belegte Brote und Getränke. An diesem Abend zeigte sie mir, wie das mit den Zungenküssen geht. Man - macht lernen Spass!

◉

Eine Serie von Stössen holte mich aus meinen wunderbaren Erinnerungen. Das nervt! Es war an der Zeit endlich herauszubekommen, was da immer stört. Ich schwamm ganz nah an die Membran heran. Man konnte schemenhaft erkennen, das gleich neben mir, sozusagen auf Tuchfühlung, eine merkwürdige Gestalt in einer durchscheinenden Blase schwamm, eine merkwürdige Gestalt, mit Armen und Beinen, einem grossen Kopf, und sie pendelte und wiegte sich an einer langen Schnur. Später wurde mir klar, es ist ein Zwilling, wir waren Zwillinge.

29

Verrückt

Ja, ich bin verrückt! Und ich bin stolz darauf! Warum schüttelst Du den Kopf? Verrückt sein ist wunderbar, heisst beweglich sein, heisst SEIN in seiner ursprünglichsten Form, heisst, die Starre verlassen, aus dem Muster herausragen, heisst denken, sich neu strukturieren und positionieren.

Geisteskrank?

Wer hat da geisteskrank gerufen? Natürlich bin ich nicht geisteskrank – ich bin verrückt, von dem mir gesellschaftlich zugewiesenen Platz ab-gerückt. weg-gerückt, von dieser Position beiseite-gerückt. Mein verrücktes Sein basiert auf einem Verb, nämlich „verrücken, rücken", nicht auf einem Adjektiv „verrückt".

Unnormal? Ja! Nur wer die Norm verlässt, kann Neues schaffen und entdecken. Es gibt Dinge in unserem Kulturkreis, die in anderen Ländern Ekel hervorrufen, und umgekehrt. Also Dinge, die jeweils ihren Platz im Kulturkreis haben und im anderen Kulturkreis von ihrem Platz der Normalität dann weg-gerückt sind, ist doch einfach verrückt – oder?

Stellen sie sich doch einmal folgende Szene vor. Die Frau des Hauses stellt ein Bund frisch von der Pflanze abgetrennte, bunte Pflanzengeschlechtsteile in eine Vase, auch Blumen genannt, und fragt sie dann, ob sie geschmorte Pilzgeschlechtsteile mit verrührten Hühnerembryonen zum Frühstück wollen? Klar wollen sie Rühreier mit Champignons!

Deshalb und in diesem Sinne bin ich verrückt, und deshalb bin ich auch stolz darauf, denn verrückt sein weitet den Horizont – aber es rückt mich auch weg von meinem Umfeld. Deshalb hoffe ich auch immer, dass ich für mein Umfeld wichtig genug bin, dass es mir ein Stückchen in den neuen, meinen, Kulturkreis folgt. Sind wir denn nicht alle ein bisschen Bluna?

Ich mag auch Blödsinn und Unsinn! Schaut auf die Worte! Blödsinn ist der Sinn, den wir im vermeidlich Blöden finden. Das Lachen, das Blödeln, Comedy und Slapstick – alles Blödsinn; macht doch Sinn – oder?.

Meine Eltern wollten immer, dass ich keinen Blödsinn mache. Warum nur, Blödsinn machen, ist Spass haben und Freude bereiten, im Zweifelsfalle auch nur mir.

Unsinn durfte ich auch nicht machen, obwohl er wahnsinnig kreativ ist. Wie viele Meter Zahnpasta sind in einer Tube? Wen hätte diese brennende Frage nicht als Kind interessiert. Ich hebe es natürlich ausprobiert. Es ist je nach Tube eine Länge von 1,80 m bis 2,40 m. Mein Vater war gegen diese Kreativität, er wollte mir beibringen, wie man das berechnet. Natürlich hätte ich das lernen können, aber das hätte niemals diese hübschen bunten Schlangen gebracht.

Was haben Schmetterlinge im Bauch, wenn sie verliebt sind? Warum haben Geschäfte, die 24 Stunden geöffnet sind Schlösser an den Türen? Das sind alles Fragen, die nur stellen kann, wer verrückt ist, meint unangepasst und mit offener Neugier auf das Leben.

Unsinn ist Sinn mit der Vorsilbe „Un-", also eine Verneinung. Warum muss alles immer einen Sinn haben? Reicht es nicht, dass es schön ist, oder witzig? Hat Lachen einen Sinn? Macht es Sinn Punkt 12:00 h zu Mittag zu essen? Eigentlich doch nur, wenn es verlangt wird. Wozu? Ich möchte dich am Wochenende besuchen, bist du dann da? Ja? -

Fein! Wann? Aha, Freitag Punkt 16:00 h. Bin ich um 16:15h ein weniger gern gesehener Gast, oder am Samstag um 12:00h? Natürlich nicht, was für ein Unsinn. Oder doch? Dann macht es keinen Sinn dich zu besuchen.

Ich bin verrückt, ich liebe Blödsinn und Unsinn – ich lebe! Ich liebe! Ich habe Spass! Das alles macht Sinn.

Schöner Morgen

Morgens den Tag beginnen,
wenn die Sonne hereinblinzelt,
vorwitzig durchs Fenster,
den Wecker ohrfeigen
und IHR übers Haar streicheln.

Aus dem Bad kommen,
mit einem fröhlichen Lied
auf den frischen Lippen,
den Kaffeeduft schnuppern
und IHR zärtlich um die Hüften fassen.

Das Frühstücksei köpfen,
das glatzköpfige glatte,
und summend die Pfannkuchen rollen
bis die Marmelade kleckert
und IHRE lächelnden Augen sehen.

Den Tag besprechen der wieder
so vollgestopft mit ungeliebter Arbeit.
Den Mantel überstreifen und
sie in die Arme nehmen,
zu einem langen Abschiedskuss.

Das Auto starten, das alte bockige,
das hustend und stotternd anspringt,
gegen das Radio batschen, es
spielt mein Lieblingslied. Ich spüre,
das sie mirlächelnd nachwinkt.

Der Tag ist schön, um mich Verrückte,
die im Verkehr sterben wollen.
Wonach jagen sie nur? Geld?
Ich werde es nie verstehen!
Aber ich freue mich auf den Abend,

                    mit IHR

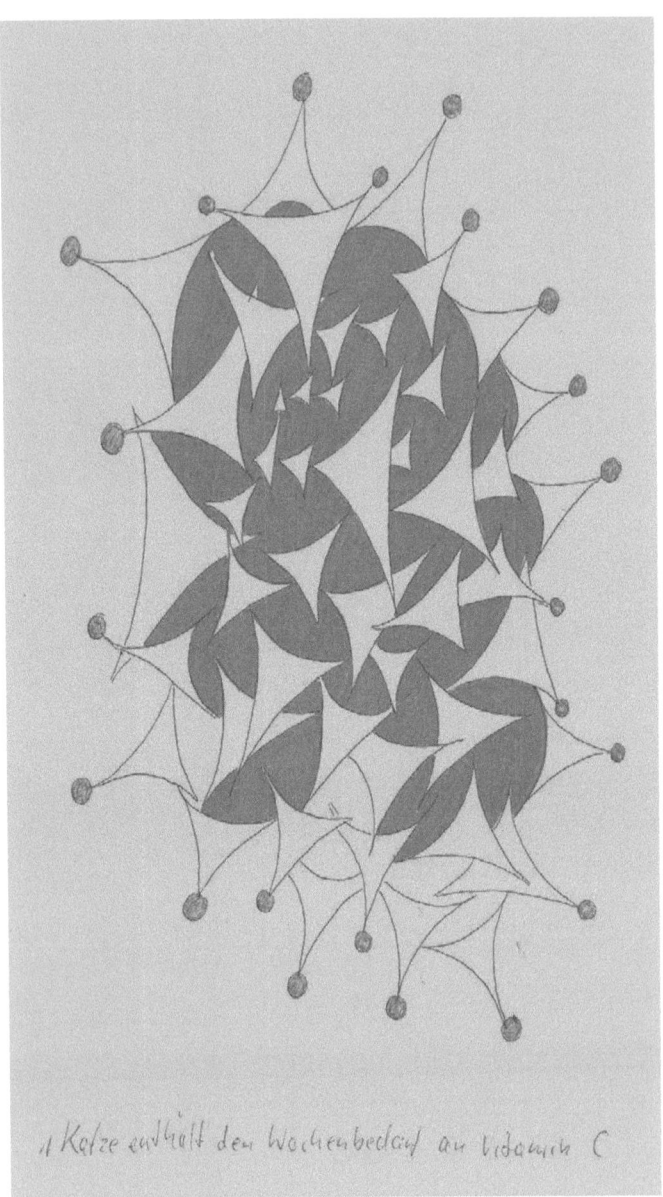

1 Katze enthält den Wochenbedarf an Vitamin C

Schulfreund (Die Gaberg-Hexe)

Für meine Familienmitglieder mag es schon befremdlich sein, dass ich mich lebhaft an die Zeit im Bauch meiner Mutter erinnern kann, zumal dies noch als Zwilling geschieht, wo ich doch ein Einzelkind bin, wie in *„Ein Zwilling in Krün"* beschrieben, jedenfalls ist mir noch nichts von einem Zwilling bekannt. Aber mir sind im Traum schon öfter Personen oder Situationen begegnet, die später auf mich zukamen.

Die Zeit läuft nicht geradlinig, sie ist kein Strahl mit einem Startpunkt und unendlicher Ausdehnung, sondern ein homogenes Gemenge, und man kommt immer wieder an Zeitpunkten an, die schon waren oder gewesen sein werden.

Dass ich mich als Embryo an Träume erinnern kann, also richtiger, dass ich mich an Dinge erinnern kann, die ich erleben werde bzw. zurückschaue auf Erlebnisse, die kommen werden, dass ich also als Embryo Dinge träumte, die später auch eintrafen, habe ich tunlichst immer verschwiegen, denn solche Aussagen machen den Menschen Angst und sie reagieren dann immer damit, Menschen die so etwas erfahren bestenfalls als Spinner abzustempeln, um ihrer Angst Herr zu werden.

Ich habe es also für mich behalten, unter anderem auch deshalb, weil ich mir das alles selbst nicht plausibel erklären konnte, bis ich die Geheimnisse der Paralleluniversen und der Gravitationswellen begann ansatzweise zu erahnen. Nun kann ich darüber berichten, unter andrem auch deshalb, weil es mir inzwischen am A… vorbeigeht, was andere von mir denken.

Mir sind auch andere Merkwürdigkeiten passiert, und eine davon möchte ich nun erzählen. Dabei geht es um die Gaberg-Hexe und einen schüchternen Schulfreund, der graue Haare hatte und den ich später wieder traf. Aber eines nach dem anderen.

Ich glaube es, war in der Schule Kunausstrasse in Sasel, aber es kann auch die in Berne gewesen sein, denn ich habe als Kind die Schulen so häufig gewechselt, dass sich die Erinnerungen gelegentlich ein wenig überlagern. Nur eines war immer gleich, ich war als der `Neue´ stets der Aussenseiter und hatte deshalb meist guten Kontakt zu all den anderen Aussenseitern, die die Pubertät und das deutsche Schulsystem so produzieren, und das waren meist die interessantesten Menschen.

Er hiess Volker, war kleiner als alle anderen, war sehr ruhig und in sich gekehrt, hatte strohig-graubraune Haare, war sehr intelligent und wurde von allen gehänselt. Wenn die Hänseleien zu viel wurden, rastete er immer total aus und verprügelte auch Mitschüler, die zwei Köpfe grösser waren, aber gegen alle hatte er trotzdem keine Chance.

Als er mal wieder in so einem Rundumschlag ausklinkte, hatte ich meine Nase zu weit vorne und fing mir eine, obwohl ich gar nicht beteiligt war. Als die Aufregung verklungen war, hat er sich bei mir entschuldigt, und wir freundeten uns an. Er brachte mir viel bei, im Bereich Chemie und Physik, also in allem was raucht und kracht, und ich zeigte ihm, wie man an Fahrrädern und Mopeds schraubte und wie man Zahlenschlösser knackt, aber das spielt hier jetzt keine Rolle.

◎

Ich war mal wieder mit meinen Eltern im Urlaub, in Österreich am Wolfgangssee. Die Landschaft ist wunderschön und wir wohnten im Ort. Mit meinen Eltern hatte ich ständig Stress, weil ich mehr Freiraum wollte, und je mehr ich danach zappelte, umso enger wurde die Erziehungsschlinge zugezogen.

Aber das ist nur eine Seite der Medaille, es gab natürlich auch viele schöne Momente auf diesen Reisen. Das Grundproblem zwischen mir und meinen Eltern war, dass sie versuchten mir alle Wünsche zu erfüllen, die sie in ihrer Jugend vermisst hatten, aber sie hatten keinen blassen Schimmer, was meine Bedürfnisse waren, oder wenn ich es ihnen klar machen konnte, dann waren sie nicht bereit dazu, diese in ihren Augen unsinnigen Wünsche zu erfüllen.

Später, als ich diese Dinge als Erwachsener klären wollte, gipfelte das immer in dem Satz: „Aber du hast doch immer alles bekommen". Ja, habe ich, auch das, was ich nicht wollte. Der Fehler, glaube ich, aller Eltern ist, dass sie ihren Kindern versuchen, ihre eigenen Kindheitswünsche überzustülpen und diese dann zu realisieren, im Grunde genommen ein Nachholen der eigenen verlorenen Kindheitszeit. Klappt nicht, auch ich habe diesen Fehler begangen. Aber sei's drum.

Einer der schönen Momente war unser Ausflug auf die Gaberg Alm, zwar mit viel Laufen (wozu gab's denn Autos?), aber am Ende gab es, wie immer auf solchen Ausflügen, ein gutes Essen in einer bewirtschafteten Hütte, und das war die Lauferei wert, wenn man schon nicht faul mit den anderen Kindern des Dorfes im Freibad abhängen konnte.

Ich labte mich also an einem überdimensionalen Strammen Max, einer deftigen Brotzeit oder einem Kaiserschmarren, als ich ein Mädchen sah, das mich total anzog. Sie trug ein langes Bauernkleid, hatte graubraune, strohig wirkende lange Haare und Zöpfe die ihr bis auf den Po reichten. Und sie hatte blitzende blaue Augen, merkwürdige Augen, traurig und forsch, jedenfalls aber faszinierend und unheimlich.

Sie stand am Rande des Touristenareals und hütete Ziegen und sie sah mich auf eine Art an, die ich auch später nicht vergessen konnte.

Als wir am Abend wieder zurück in unsrer Pension waren, schaffte ich es, meine Eltern so lange zu nerven und ihnen so lange zuzusetzen, bis sie mir zusagten, diese Gaberg Alm wegen des Mädchens noch einmal zu besuchen, damit ich sie noch einmal wieder sehen konnte.

Das Mädchen war eine der Töchter des Bergbauern, bei dem wir unsere Jause eingenommen hatten und der auch die Hütte bewirtschaftete. Als wir dort wieder ankamen, war sie aber zu meiner Enttäuschung nicht da. Wir setzten uns auf eine Radler-Mass und meine Eltern erklärten ihrer Mutter, die bediente, warum wir wieder gekommen waren.

Sie sei stumm, von Geburt an, wurde uns erklärt und etwas später zeigte mir ihr Vater den Weg zu der Wiese, wo sie ihre Ziegen hütete. Ich ging allein, und meine Eltern blieben an der Almwirtschaft zurück.

Ich hatte das Mädchen für mich Gaberg-Hexe getauft, was ein Kosename ist. Dazu muss man wissen, dass mein Vater meine Mutter ihr Leben lang Hex – also Hexe, mit Kosenamen genannt hatte, es also in meinen Ohren und in meinem Meinen etwas Positives war.

Sie hatte eine faszinierende Ausstrahlung und als sie mich sah, erkannte sie mich sofort wieder, lief auf mich zu und nahm mich an den Händen und tanzte mit mir über die Wiese zwischen den meckernden Zigen hindurch, vor denen ich gehörigen Respekt hatte.

Dann liessen wir uns ins Gras fallen und ich erzählte ihr mit Händen und Füssen von

Hamburg und von meiner fernen Welt, und obwohl sie taub war hatte ich das Gefühl, sie verstünde mich, denn sie strahlte mich an und schien mir zu lauschen während ich wie wild gestikulierte. Ich weis nicht mehr, wie viel Zeit wir in diesem Zauber verbrachten, bis ihr Vater uns zur Hütte zurückholte. Dann hiess es Abschied nehmen.

Am nächsten tag fuhren wir zurück nach Hamburg, der Urlaub war zu Ende, aber ich habe dieses Mädchen noch lange in meinem Herzen getragen. Ich schrieb ihr viele Ansichtspostkarten und schickte Fotos von Hamburg, um ihr meine Stadt zu zeigen, aber habe nie Antwort bekommen, bis mich nach einiger Zeit ein Brief ihres Vaters erreichte. Er schrieb mir, ich möge nicht mehr schreiben, denn bei jeder Karte von mir, würde ihr das Herz schwer. Da sie aber arme Bergbauern seien und meine Gaberg-Hexe sehr krank ist, möchte er nicht, dass sie nach jedem Brief so traurig wäre, weil sie Hamburg ja doch nie zu sehen bekommen würde. Ich habe ihr nicht mehr geschrieben.

Leider gab es auch keine Chance, sie zu uns einzuladen oder das ich sie besuchen könnte, denn die Entfernungen waren in meiner Jugend nicht so einfach überbrückbar und schon gar nicht bezahlbar.

Selbst heute, fast ein halbes Jahrhundert später, wenn ich über sie schreibe, spüre ich noch diese Aura, dieses Glühen, dass von ihr ausging, und ich habe dann auch immer noch ein wenig Schuldgefühle, dass ich nie zurückgekommen bin, um sie abzuholen und ihr mein Hamburg zu zeigen, meine Welt, die sie so gerne kennen gelernt hätte. Ob sie wohl noch lebt und ab und an mich denkt? Wäre ich religiös so würde ich bestimmt meinen, sie wäre eine Heilige!

Viele, viele Jahre später besuchte ich eine Freundin in Chemnitz, die ich auf einem Spanienurlaub nach meiner Scheidung kennen gelernt hatte. Als ich abends allein durch die Altstadt von Chemnitz schlenderte und an einer hell erleuchteten Altbierbar vorbeikam, in die ich neugierig hineinsah, glaubte ich meinen Augen kaum zu trauen. Dort sass an einem Ecktisch meine Gaberg-Hexe, allein. Natürlich war sie etwas älter geworden, Jahrzehnte graben Spuren, aber die aufregenden Augen und das strohig graubraune Haar, sie war es – ganz gewiss!

Ich ging sofort hinein, auf sie zu und lud sie zu einem Getränk ein. Skeptisch hörte sie mir zu, als ich ihr die Geschichte erzählte, denn sie war es natürlich nicht, sie kam selbst aus Hamburg, so wie ich, und war nach der Grenzöffnung hierher übergesiedelt. Wir kamen uns näher und verstanden uns prächtig, obwohl etwas an ihr fremd war, gleichzeitig aber hatte ich das Gefühl, als würden wir uns ewig kennen.

Ich blieb fast eine Woche mit Sonja, die mich so an meine Gaberg Hexe erinnerte, in Chemnitz, und sehr schnell fand ich heraus, was ihren herben Charme ausmachte. Sie – oder er?, war ein Hermaphrodit, Mann und Frau in einer Person, sehr erotisch, leidenschaftlich und experimentierfreudig, und wir harmonierten auf angenehme und körperlich sehr intensive Art und Weise.

Auch im alltäglichen ging alles Hand in Hand, soweit man das im Urlaub beurteilen kann, und wir stellten erste Überlegungen an, aus unserer Affäre eine Beziehung zu machen.

Stundenlang sassen wir im Park oder auf der Wiese, kuschelten und erzählten aus unserem früheren Leben, das bei uns beiden sehr aufregend verlaufen war. Mitten im Gespräch übermannte uns oft die Lust, sodass wir dann hemmungslos und extatisch bis zur völligen Erschöpfung übereinander herfielen.

Wir stellten uns auch vor, wie wir diese unsere Beziehung meinen Eltern, vor allem aber meinen Kindern vorstellen würden. Bei meinen Kindern und Freunden sah ich allerdings wenige Probleme – aber bei meinen Eltern!!?

Jedenfalls waren wir uns einig, wollten beide zusammen in Hamburg leben, schon wegen meiner Sprösslinge, bis – ja bis zu jenem Abend.

Wir waren mit unseren Erzählungen in unserer Jugend angekommen, und sie erzählte mir von meiner Schule, in der sie war, von meiner Klasse, in der sie war und von den gleichen Klassenkameraden. Wir waren zusammen in die gleiche Schule gegangen, in die gleiche Klasse, und ich konnte mich nicht an sie erinnern? Das war nicht möglich!!

Und dann kam es heraus, sie war Volker!

Von da an war alles anders. Sie wohnt immer noch in Chemnitz, ich in Hamburg. Ich glaube, ich bereue diese Entscheidung, wir hätten es trotzdem probieren sollen.

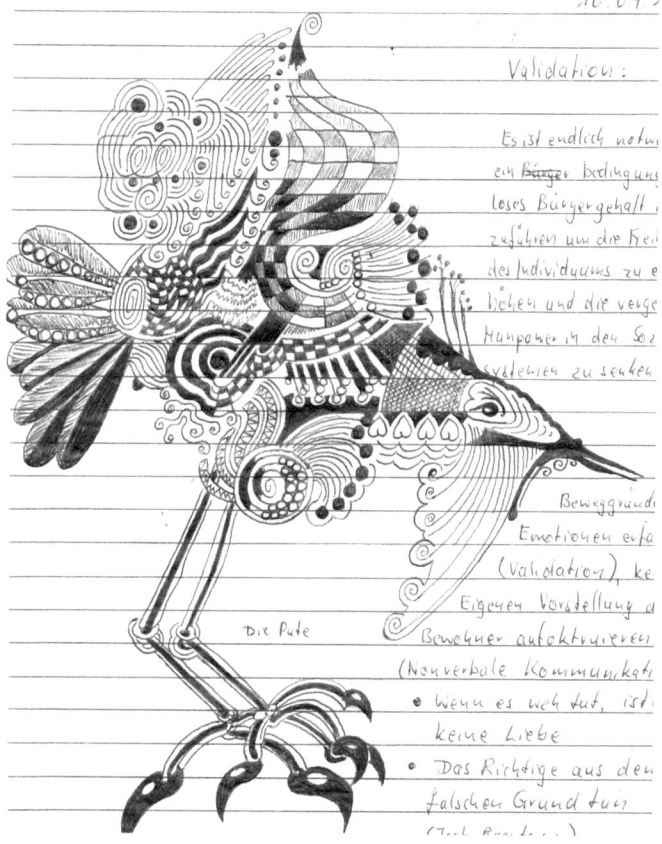

Validation:

Es ist endlich notw~
ein ~~Bürger~~ bedingung~
loses Bürgergehalt ~
zuführen um die Frei~
des Individuums zu e~
lichen und die verge~
Manpower in den Soz~
systemen zu senken

Beweggründ~
Emotionen erfa~
(Validation) ke~
Eigenen Vorstellung a~
Bewohner autoktruieren
(Nonverbale Kommunikati~
• Wenn es weh tut, ist ~
  keine Liebe
• Das Richtige aus den
  falschen Grund tun
  (Zut. Regel...)

Die Pute

47

Maske

Prolog: Der folgende Text ist <u>nicht</u> von mir, sondern von einem mir unbekannten Maskenträger geschrieben worden – und er hat damit das grundlegende Problem unserer lügenden Gesellschaft offenbart, man kann ja nachgerade von einer Lügenkultur sprechen. Offenbart, des-halb nachfolgend der Text, der mir in die Hände fiel und mich so begeistert hat. Alle Versuche, den Autoren zu ermitteln, ist, trotz intensiver Internetrecherche, gescheitert.

Natürlich bin ich mir im Klaren, dass es Gefahren birgt, einen solchen Fremdtext ohne Erlaubnis des Autoren zu veröffentlichen, andererseits könnte genau diese Veröffentlichung helfen, ihn zu finden, denn seinen Text findet man unter verschiedenen Überschriften im World-Wide-Web mannigfach.

Auch ich habe viele Masken gelebt, die ich in dieser Biographie offenbare, so wie Günther Grass sich als Zwiebel enthäutet hat, und je näher man an seinen Kern kommt, um so schmerz-hafter wird das entkleiden. Aber meinen nachfolgenden Generationen soll die Möglichkeit gegeben werden, dass sie wenigstens posthum etwas besser in mich und meine Zeit hineinschauen können.

Bitte höre, was ich nicht sage! Lass Dich nicht von mir narren, lass Dich nicht durch das Gesicht täuschen, das ich mache, denn ich trage Masken – Masken, die ich fürchte abzulegen, und keine davon bin ich.

So tun als ob ist eine Kunst, die mir zur zweiten Natur wurde. Aber lass Dich dadurch nicht täuschen! Ich mache den Eindruck, als sei ich umgänglich, als sei alles heiter in mir, und so, als bräuchte ich niemanden. Aber glaube mir nicht! Mein Äusseres mag sicher erscheinen, aber es ist meine Maske. Darunter bin ich, wie ich wirklich bin: Verwirrt, in Furcht und allein.

Aber ich verberge das. Ich möchte nicht, dass es irgendjemand merkt. Beim blossen Gedanken an meine Schwächen bekomme ich Panik und fürchte mich davor, mich anderen überhaupt auszusetzen.

Gerade deshalb erfinde ich verzweifelt Masken, hinter denen ich mich verbergen kann: Eine lässige Fassade, die mir hilft, etwas vorzutäuschen, die mich vor dem wissenden Blick sichert, der mich erkennen würde.

Dabei wäre genau dieser Blick meine Rettung. Und ich weis es. Wenn es jemand wäre, der mich annimmt und mich liebt. Das ist das Einzige, das mir die Sicherheit geben würde, die ich mir selbst nicht geben kann: Das ich wirklich etwas wert bin.

Aber das sage ich Dir nicht. Ich habe Angst davor. Ich habe Angst, dass Dein Blick nicht von Annahme und Liebe begleitet wird. Ich fürchte, Du wirst gering von mir denken und über mich lachen – und dein Lachen würde mich umbringen.

Ich habe Angst, das ich tief drinnen in mir selbst nichts bin, nichts wert, und dass Du das siehst und mich abweisen wirst.

So spiele ich mein Spiel: Eine sichere Fassade aussen und ein zitterndes Kind innen.

Weltuntergang 2036

Ich war immer ein Optimist, obwohl mein Butterbrot stets auf die Butterseite fällt und ich immer in der Kassenschlange stehe, bei der entweder die Kasse kaputt geht oder die Dame mit dem Rieseneinkaufswagen eine nicht lesbare Kreditkarte hat, oder einfach zu wenig Geld.

Ich bin ein richtiger Glückspilz. Bei dem Unfall, bei dem mein Wagen Totalschaden hatte und der Unfallverursacher flüchtete, hatte ich Glück, und brach mir nur einen Arm.

Oder bei meinem Schlaganfall, da ging nur die Netzhaut meines rechten Auges zu siebzig Prozent verloren, Glück gehabt. Auch meinen Nierentumor habe ich bisher überlebt. Wie gesagt, ich bin ein Glückspilz.

Nun kommt eine neue Gefahr auf mich zu, und nicht nur auf mich. Der Asteroid 2004 ML 4 ist auf Erdkollisionskurs. Man hat ihn Aphobis benannt, nach dem griechischen Gott der Zerstörung. Er wird mit einer Wahrscheinlichkeit von 1:30 auf der Erde aufschlagen. Aber nicht gleich. 2029, da kommt er erstmal vorbei, sozusagen das Ziel anpeilen. Aber dabei kommt er schon fix nahe, näher als der Mond. Erst sieben Jahre später, 2036, wird es dann echt bedrohlich.

Naja, vielleicht ist es ja ab und an nötig, die Evolution durcheinander zu bringen. Die Saurier sind ja auch auf diese Weise weggeputzt worden, waren eindeutig auch eine Fehlentwicklung, zu viele Muskeln, zu wenig Hirn.

Nun, schon 2039 gibt es wieder eine Läuterung, Säugetiere weg, vor allem die Grossen, von denen es schon zu viele gibt, auch Menschen genannt. Zuviel Hirn und zuwenig Verstand.

Wenn dieser griechische Gott der Zerstörung, ein Abkömmling aus dem Asteroidenfeld des Jupiters, bei uns aufschlägt, wäre ich natürlich neugierig, wer in der nächsten Runde hier auf Erden die Oberhand behält. Intelligente Schaben? Straff organisierte Ameisenstaaten oder eher noch fliegende Fische?

Aber ich bin ein Glückspilz und habe die Gabe der frühen Geburt. Kurz gesagt, ich bin jetzt fünfundfünfzig Jahre alt, und auch wenn ich Aphobis beim Nachschauen auf der Erde mit etwas Glück noch beobachten kann, dann bin ich sechsundsiebzig, seinen Einschlag werde ich mit meinem sprichwörtlichen

Glück wohl nicht mehr erleben – oder sollte ich doch noch dreiundachtzig werden?

Obwohl, den Weltuntergang life mitzuerleben, wäre ein einmaliges Erlebnis – leider wäre dann aber auch niemand mehr da, dem man davon berichten könnte.

Aber nee, besser ich hoffe doch auf mein Glück, und bin vorher gestorben.

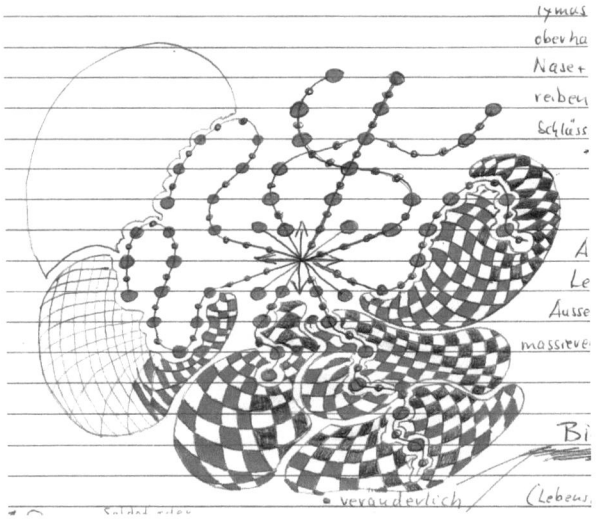

Autofahrergedanken

Schal liegt der Dunst über der Weite, kein Lüftchen durchdringt dieses zähe Konglomerat aus Wasserdampf, Staub und brütender Hitze. Das Schleifen meiner abgenutzten Bremsklötze macht einen höllischen Rhythmus, während mein altersschwaches Gefährt die Panzerstrassen entlangrappelt.

Er keucht, mein Wagen, aber er fährt Spitze – oder so. Jedenfalls kommt er voran, solange man ihn noch lässt. So wie auch ich vorankomme, langsam, zäh und keuchend, Leben ums Verrecken.

Warum macht man weiter? Prinzip Hoffnung? Hat man für dieses Prinzip nicht schon zu oft weiter gemacht? Sinnlos verbissen und immer voran, sich kontinuierlich selbst ausbeutend? Immer in der Hoffnung auf ein wenig Dank aber viel Anerkennung? Warum weiter machen, wenn alles Durchsetzen, alles Vorwärtskämpfen doch nur als Fehler gewertet wird, weil als Erfolg nur gewertet wird, was Geld einbringt?

Einmal das Lenkrad kurz verreissen, mit ein wenig mehr Gas, und die ganze elendige Mühe hat ein Ende. Mein Schweiss rinnt mir die Wirbelsäule hinab in die Arschfalte. Nur ein kleiner Ruck, die Verlockung ist gross.

Gewiss, es wird heissen, typisch, mit seinen alten Autos musste es ja so kommen. Unverantwortlich! Was soll´s, was kümmert mich danach noch ihr Urteil, im Reiche des Friedens?

„Wenn du deine Tochter besser erzogen hättest, wäre sie nicht so unglücklich!"

Der Satz hatte getroffen. Aber ich hatte mir den Treffer nicht anmerken lassen, bin noch nicht einmal zusammengezuckt, als diese Panzerfaust einschlug.

Ich habe dann bitter lächelnd eine ganze Breitseite zurückgegeben, war aber nur ein Befreiungsschlag, hat nicht wirklich etwas bewirkt in Richtung Nachdenken und ist leider an jugendlicher Selbstherrlichkeit abgeprallt. Emotionen sind halt kaum diskutierbar. Bin ich verantwortlich wenn seine Frau unglücklich ist? Auch wenn sie meine Tochter ist. Ist überhaupt jemand für ein anderes Glück verantwortlich?

Ich kurbele die Seitenscheibe herunter. Die nasse, heisse Luft liegt wie Blei auf meiner Lunge. Ich drehe mir eine Zigarette. Wieso bin ich immer für andere verantwortlich?

Wer übernimmt für mich die Verant-wor-tung? Niemand – nur ich selbst!

In diesem Moment beneide ich meinen Freund Bodo. Gewiss, er ist krank, aber welcher übergewichtige Kettenraucher um die fünfzig ist das nicht? Aber er ist für niemanden verantwortlich. Er sitzt in seiner Sozialhilfehütte, oxydiert so ganz langsam vor sich hin, spielt den lieben langen Tag an sich und seinem Computer herum und überlegt sich in Intervallen, was er essen wird. Ende der Fahnenstange. Keine Verantwortung für niemanden, keine Rechenschaft ablegen, keinen Schmerz überwinden um zu arbeiten, nur sanftes, faules Warten auf das Ende. Aber ist das eine erstrebenswerte Lebensform? Nein, ich beneide ihn doch nicht, das ist Suizid auf Raten – wenn das Leben wäre, dann doch lieber Lenkrad verreissen.

Mein Handy klingelt, holt mich aus meinen Gedanken und fast hätte ich das Lenkrad tatsächlich verrissen.

„Scha-atz, Du hast wieder vergessen, Brot zu kaufen, wo bist Du nur immer mit deinen Gedanken! Wirst wohl langsam alt, was?"

Sollte wohl ein Scherz sein. Zu komisch, könnte mich ausschütten vor Lachen. Ja, ja, Brot sollte ich kaufen, vergessen, Tschuldigung, ich bin wieder mal Schuld! Wahrscheinlich Alzheimer oder eine noch unbekannte Vorform davon. Also noch mal zurück durch den klebrigen Verkehr, viel-leicht erreiche ich noch einen Supermarkt, der noch offen ist.

Warum verdammt noch mal macht man weiter?

Prinzip Hoffnung? Hoffnung auf Anerkennung? –

Nein, es ist Liebe, und dafür gibt's keine Anerkennung. Man liebt oder lässt es – **wenn** man die Wahl hat. Liebe zu den Kindern, die es einmal besser haben sollen und die einem aufs Alter Freude bereiten, weil sie es besser haben, glücklich sind, und Liebe zu den Enkelkindern, um ihnen einen Weg durch die komplizierte Welt zu zeigen, daran glaube ich ganz fest, muss ich doch auch, um weiter machen zu können, um das Steuer nicht zu verreisen.

Irrglauben beherrschen die Welt und treiben die Menschheit voran, egal wohin, aber voran. – Wirklich? – Seit den Pyramiden von Gizeh, und schon vorher, seit der Erfindung des Feuers, Prinzip Hoffnung.

Es gab eine Zeit, da hatte die Menschheit den Glauben verloren, aber da sind die Religionen eingesprungen und haben den Suizid verboten. Nun hoffen wir weiter.

Falsche Antwort

„Liebst du mich noch?"
Was für eine Frage. Ich antworte nicht, tue so, als hätte ich die Frage überhört. Schwerhörigkeit kann ja so angenehm sein, das habe ich von meinem Vater gelernt. Man kann überhaupt viel von seinen Eltern lernen, auch in meinem fast biblischen Alter, wie mein Sohn immer sagt.

Ich fahre wie jeden Morgen zur Arbeit, heute schon um 6:00 h, um ein wenig Zeit vorzuholen, denn heute muss ich mir einen halben Tag frei nehmen. Ich muss gegen Mittag mit den Kleinen in die Klinik fahren, dann noch Einkaufen gehen.
Die restliche verlorene Arbeitszeit hole ich dann heute Abend nach. Also wieder einmal erst um zwanzig Uhr Feierabend. Danach bis Dunkelwerden Dachausbau für die Kinder.
Nach dem Abendessen dann Post erledigen, - irgendwo dazwischen Hausaufgaben mit den Grossen und
„Liebling, machst du den Auflauf für morgen fertig? Ich habe so etwas noch nie gemacht."
Um zwei Uhr falle ich dann endlich erschöpft ins Bett, im Hinübergleiten bekom-

me ich noch mit, dass sie sich besonders zärtlich ankuschelt, aber ich bin zu müde.

Um sieben Uhr geht es wieder raus. Beim Frühstück, ich bin noch gar nicht ganz wach, dann die liebevolle Ansprache:

„Wenn du mal ein bisschen Zeit hast, versuche doch mal die Waschmaschine zu reparieren, es eilt nicht, weil du so viel zu tun hast, aber ich brauche sie dringend."

Auf dem Weg zur Arbeit hallte der Satz *„Liebst Du mich noch?"*

noch sehr intensiv nach. Eigentlich eine ganz einfache Frage , die ich sehr gerne mit

„Ja, ich liebe Dich!"

beantworten würde. Aber dann kommt hundertprozentig die nächste Frage:

„Warum? Was liebst Du an mir?"

Meine Antwort wäre dann vielleicht:

„Weil Du an mich glaubst, weil Du mich und die Kinder versorgst, weil ich gerne mit Dir schlafe, weil, weil…",

verdammt, ich weiss es nicht so genau und will auch nicht darüber nachdenken. Es ist halt ein gutes Gefühl, und solange man es nicht bei jeder passenden und unpassenden Gelegenheit seziert, bleibt das auch. Oder nicht?

Wieder zu Hause, ich arbeite gerade zwischen der zweiten und dritten Sparre im Dach für das Kinderzimmer, dringt die Frage erneut und nicht überhörbar durch den Bretterstapel unter mir:

„Liebst Du mich noch?"
Nur jetzt keine Diskussion, mir fallen vor Schreck die Hälfte der Nägel aus dem Mund. Ich hinke mit dem Terminplan schon weit hinterher und die Nachbarn beschweren sich schon über das allabendliche Gehämmere.
„Liiiiiebling, ich hab Dich was gefraaaaahagt!".
Ich spucke die Nägel ins Gebälk.
„Liebling, solange ich hier hämmere, sei gewiss, dass ich dich liebe, denn wenn dem nicht so wäre würde ich den Hammer fallen lassen und ein Bier trinken gehen!"
„Du bist gemein!"
Schmollend verlässt meine bessere Hälfte den Schauplatz des Geschehens. Scheisse, das war die falsche Antwort, wie konnte ich nur.
Wieder ein Abend versaut. Warum habe ich nur nicht daran gedacht, dass ich schwer-hörig bin?!

ich nicht ausgegrenzt fühlen; damit sie

ihr aufbauen und keine Traumata

erbephasen   unsichere Todeszeit

Neue Armut oder Tagträume

Der Strand liegt gleissend vor der blauen See, und kleine Schaumkronen tanzen darauf vergnüglich hin und her. Braungebrannte Schönheiten flanieren auf der Promenade und ich wende mich um, weil mein Magen sich nach kulinarischer Erfüllung sehnt. Was ist schon Erotik, wenn man seine Zunge mit allerlei Leckerbissen edler Küche verwöhnen kann, was sind schon die üppigen Kurven einer braungebrannten Schönen gegen die zarten Rundungen eines knusprig gebratenen Täubchens in Sauerkirsch-Sahnesauce?

Zuerst perfekt gebratene Périgord-Gänseleber auf frischen Steinpilzen mit einem Kranz Mini-Salaten die nach Olive und Balsamico duften. Mir läuft schon das Wasser im Munde zusammen. Danach Steinbutt und Langostinos unter einem knusprigen Reisblatt mit Schnittlauchsauce.

Es folgen, auf Salat zu einem Stern angerichtet, gebackene Stubenküken und gebratenes Kalbsbries mit duften weissen Alba Trüffeln, danach, um dem Magen ein wenig Entspannung zu gönnen, eine leichte Tomaten Consommé mit Schlagsahne und einem Hauch grünem, japanischem Meerrettich, dessen

Schärfe so hart zugreift aber auch so schnell wieder verfliegt.

Nach den nun folgenden Rehmedaillons mit karamellisierten Maronen werden blutrote Taubenbrüstchen an Sauerkirsch-Minzrahmsauce gereicht und ein kleines Austernpilz Risotto mit Wachtel-Spiegeleiern.

Zum Abrunden möge man flambiertes Eis mit heissen Butterhimmbeeren kredenzen und zum Mokka reiche man bitte eine Etagere mit Petit Furs.

Die Auswahl der passenden Weine und Spirituosen überlasse ich gerne dem Sommelier, der für seine exquisite Auswahl bekannt ist. Wenn ich mich danach gemütlich zurücklehne, möchte ich eine gute Virginia schwarz in rauchigem, alten Malt Whisky baden und mich genüsslich dem blauen Dunst ergeben.

„Was darf´s sein?"
„Bitte?"

Ein freundlich lächelnder, dicker Mann strahlt mich vom Tresen der Frittenbutte herunter an und reisst mich damit aus meinen Gedanken.

„Was möchten sie essen?"

„*Pommes rot weiss, halber Hahn, Dose Bier*", antworte ich reflexhaft und mein Portemonnaie brummt zustimmend, während Zunge, Gaumen und Magen mit Freitod drohen. Oder sollte ich doch lieber eine Currywurst nehmen?

Statistik

Alle 3 Minuten versucht in diesem unserem schönen Land ein Mensch, sich selbst zu töten, alle 47 Minuten hat ein Mensch damit Erfolg. Es ist also in dieser Branche wie so häufig und vielerorts, es gibt immer nur wenige Erfolgreiche, die grosse Masse versagt.

Inzwischen bekommen die Bahnunter-nehmen bereits Probleme mit den Fahr-plänen, weil es zu viele Selbstmörder gibt, die sich einfach vor die Bahn werfen und sich wahrscheinlich kaum Gedanken darum machen, dass sie damit nicht nur die hochkomplexen Fahrpläne durcheinander bringen, sondern das auch noch irgend so eine arme Socke seinen Matsch aus der komplexen Mechanik des Fahrgestells kratzen muss. Ekelhaft!

Wir sind Exportweltmeister und eines der reichsten Länder der Erde. Das ist im Prinzip fein, zeigt aber auch, Geld macht nicht glücklich, denn die Statistik belegt, dass bei Suiziden die Oberschicht und die obere Mittelschicht überproportional beteiligt sind.

Ich bin der festen Überzeugung, der soziale Unterschied, der nach Dahrendorf (Entschuldigung, **Baron Dahrendorf of close Market in the City of Westminster**, soviel Zeit muss sein), der Antrieb für den gesellschaftlichen Erfolg ist, der den Stachel im Fleisch, wie er es auszudrücken pflegte, der Sir!, ja Sir, Sir! der trägen Masse die Gesellschaft in Bewegung hält.

Jedenfalls ist dieser Unterschied, so die Person keine Hoffnung mehr hat, den Stachel aus dem Fleisch zu bekommen, trotz Einsatz bis zur Selbstaufgabe, der Auslöser für Suizide.

Das macht sowohl soziologisch Sinn als auch wird es statistisch bestätigt. Je höher der wirtschaftliche Erfolg einer Nation, desto höher ist auch ihre Produktivität und damit auch ihre Selbstmordquote erfolgreicher Suizide.

Unsere Selbstmordquote sinkt leicht – Panik – denn gleichzeitig sinkt unsere Produk-tivi-tät. Wir haben Platz 1 beim Export an China abgegeben und in der Weltwirtschaft sind wir schon auf Platz sieben gesunken. Skandal, denn gleichzeitig errichten wir immer mehr Therapieplätze und Nottelefone, um Selbstmörder aufzuhalten. Die daraus resultierende Finanzkrise hat uns ja schon Milliarden gekostet – wir müssen diesem Wahnsinn Einhalt gebieten!

Ein Umdenken ist nötig! Wir müssen alles daransetzen, die suizidalen Fehlversuche alle drei Minuten zum Erfolg zu verhelfen (wobei wir die Probleme der Bahnen dann doch sehr ernst nehmen müssen), aber in Zeiten der Krise muss jeder Opfer bringen!

Sobald wir dann im Bereich Suizid wieder an der Spitze sind, wird auch die Wirtschaft wieder Platz eins belegen, denn die Kausalität zwischen Wirtschaft und Suizid ist so offensichtlich, dass man nur mit dem Kopf schütteln kann, dass es noch niemandem aufgefallen ist.

Ich kann das gerne noch an einem anderen Beispiel aufzeigen. In den Zeiten der höchsten Storchenpopulation in Schleswig-Holstein hatten wir auch gleichzeitig die höchste Geburtenrate.

Was macht die Politik? Anstatt die Lehren aus diesen Zahlen zu ziehen und einfach mehr Nist- und Brutraum für Störche zu organisieren, werden aufwändige steuerliche Anreize und komplizierte staatliche Transferleistungen initiiert, um eine Geburtensteigerung zu erlangen.

Auch wenn sogenannte Reformer immer wieder versuchen, die Tatsachen zu verbiegen, mehr Klapperstörche gleich mehr Kinder ist eine einfache Formel, das weiss doch jedes Kind, jedenfalls wenn es dafür Zucker auf die Fensterbank legt!

Mit Statistik kann man alles belegen aber nichts beweisen. „ … traue nur der Statistik, die du selbst gefälscht hast … ", soll einst der englische Premierminister Churchill gesagt haben. Wie Recht er doch hatte.
Also verzichten wir auf Suizid, zünden die Kerze auf beiden Seiten an, für mehr Licht und hoffen, dass wir den wirtschaftlichen Niedergang nicht mit zu vielen glücklichen Menschen verantworten müssen.

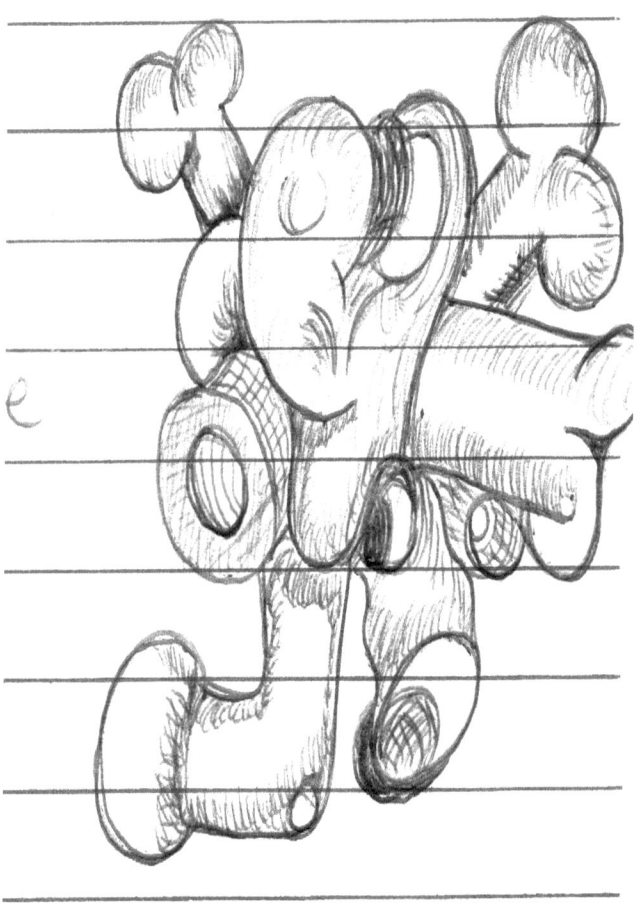

Weisheiten

„Liebling, mein Auto ist kaputt, kennst du eine gute Werkstatt?"

Ihre Stimme sägte durch die Schlafzimmerwand zu mir ins Bad. Und ich hatte gehofft, das leidige Thema wäre über Nacht in Vergessenheit geraten.

„Na klar kenne ich eine"

„Gut, schleppst Du mich gleich hin?"

Ich hatte einen wichtigen Termin mit einem Buchverlag und absolut keinen Nerv für solche Eskapaden.

„Liebes, Du hast einen Motorschaden, das wird eine längere Reparatur, und sie wird teuer, lass doch die Werkstatt deine Karre abholen"

„Ich weiss doch keine".

Und meine ist ein Geheimtipp, unbezahlbar bei älteren Modellen und sehr preiswert. Aber wenn ich John eine solche Nervensäge auf den Hals hetze, dann sind wir zum letzten Mal gemeinsam angeln gewesen.

„Eine Reparatur für den alten Wagen, lohnt denn das noch?"

„Kannst Du das denn nicht übernehmen?"

„Das hinschleppen zur Werkstatt?"

„Nein, die Reparaturkosten, ich denke Du kennst eine gute Werkstatt!?"

Ja, ja, John ist gut, aber Madeleine´s Auto hat eine gewisse Ähnlichkeit mit seiner Besitzerin, besonders morgens vor dem Aufstehen. Der erste Lack ist ab, und zu jedem Start am Morgen bedarf es keiner Regeneration sondern einer Reanimation. Aber nun ist Rekonstruktion angesagt, und das wird teuer. Um Madeleines Lifting hatte sich ihr Freund aus Flottbek verdient gemacht, aber der konnte es sich auch leisten, er ist Anwalt. Dass die wenigen Abende mit ihr mich immer an den Rand des finanziellen Ruins brachten, verstand sie nie, und wann immer ich es ihr zu erklären versuchte, bekam ich nur einen Kuss, ein Lächeln und den Satz, *„mein geliebter kleiner Geizhals".*

Und ausgerechnet heute morgen, wo ich die Chance hatte, mit einem Buch den Pegel des mir am Halse stehenden Wassers auf Brusthöhe zu senken, diese blöde Diskussion. Konnte sie damit nicht einen ihrer anderen Verehrer nerven?

„Sorry, Kleines, aber Dein Problem klingt nach Fahrrad fahren!"

„Du leihst mir dein Auto!!!?"

„Auf gar keinen Fall!"

„I-i-i-ich soll Fahrrad fahren während der Reparatur?"

„Nein, statt der Reparatur!"

„Du bist ein Geizhals!"

„Nein mein Schatz, nur sparsam."

„Geiz!, Geiz!, Geiz!, Geiz!"

„Schatz – ich kann mir das nicht leisten! Ich bin Schriftsteller und nicht Zahnarzt oder Anwalt!"

„Lässt Du nun mein Auto reparieren oder nicht?"

„Nein!"

„Dann kannst Du Sex in Zukunft vergessen!"

„Also flieg ich am Wochenende mit Mira nach London?"

„Du bist ein Scheusal!".

Sie verliess das Bett und flüchtete ins Wohnzimmer, ich folgte ihr, wollte sie in die Arme nehmen und über ihr defektes Auto hinwegtrösten. Sie nahm meine Arme von ihren Schultern.

„Sex ist ge-stri-chen", betonte sie Silbe für Silbe.

Ich wollte zurzeit gar keinen Sex, hatte ich doch einen Termin und damit keine Zeit für Extravaganzen, wollte sie nur trösten. Aber nun ging es um Grundlegendes. Ich setzte mich, wählte den schwarzen Dänen und drehte mir eine extra lange Zigarette mit dem holländischen Papier. Dazu schenkte ich mir ein Gläschen Balantines ein. Lauwarm – brrrrr – genauso scheusslich wie die derzeitige Situation.

Madeleine griff sich eine ihrer Schachteln mit belgischen Buttertrüffeln, liess sich gegenüber in die Couch fallen und begann die winzigen Köstlichkeiten behende in ihren grossen vollen Mund zu stopfen. Auch ich liebte diese Trüffeln, aber ein angedeuteter Versuch ihr eines zu stibitzen, der sonst meist eine ausgelassene Balgerei nach sich zog, wurde nun mit einem giftigen Blick abgewehrt und ich beschränkte mich darauf, an meinem Whisky zu nippen. Ich versuchte es noch einmal auf die Versöhnliche.

„Schatz, dein Auto ist nicht kaputt, wäre es ein Pferd, so müsste man es erschiessen. Totalschaden. Der Motor ist hin, die Pleuel sind durch den Motorblock geknallt, Ölmangel, aus, Ende, vorbei, und es ist kaum zu überschauen, ob nicht noch etwas anderes mit zerstört wurde. Dieses Auto kann man nicht mehr reparieren, und wenn, dann kann ich das nicht bezahlen!"

Sie schenkte mir nur einen vernichtenden Augenaufschlag, „*ge-stri-chen*".

Das ist eine Art, die mir quer geht. Gewiss, ich geniesse es, wenn sie mich besuchen kommt, zwei-, dreimal im Monat. Es sind wunderbare Tage, es sind herrliche Nächte. Danach taucht sie meist ab und meldet sich irgendwann mit grossem Hallo wieder bei mir. Was sie in der Zwischenzeit macht ist Tabu, aber auch sie fragt nicht, mit wem oder womit ich meine Zeit verbringe.
Natürlich habe ich immer Zeit für sie. Ein Wochenende im Tivoli in Kopenhagen, ein Kurz-Tripp nach Paris, ein Champagner-Frühstück in Baden Baden oder zum Kunstfest nach Wien. Dann ist sie wieder weg, und ich bin mir nicht einmal sicher, ob sie wirklich dort wohnt, wo ich sie gelegentlich abhole, und etwas sprach immer dagegen, dass wir uns bei ihr zu Hause treffen.

„*Ge-stri-chen!*" trumpfte sie noch einmal auf.

Ganz plötzlich fand ich sie nicht mehr so wunderbar. Das ich unsere Ausflüge stets bezahlt hatte, nun das war für mich ok, aber so mal eben 4.000 oder 5.000,- Takken[1] für eine Autoreparatur oder vielleicht sogar noch etwas mehr für einen neuen Gebrauchten – nee, nee, das geht zu weit. Das fühlte sich für mich an, als sollte ich für Sex bezahlen! Gemeinsame Unternehmungen waren das eine, Bezahlung für Sex? Kommt nicht in die Tüte!

Ich schluckte zwei dreimal, das war wohl das Ende einer bisher recht angenehmen Bezie-hung. Aber bin ich denn bescheuert?

Kein Mensch renoviert sein Hotelzimmer, bestellt für ein Dixie-Klo einen Kabelanschluss oder kauft sich einen Hafen für sein Schlauchboot, solange bei ihm noch alle Laternen brennen.

Adieu, du meine wollüstige Begleiterin, wo lag doch noch der Katalog mit den aufblasbaren Mädels?

---

[1] Synonym für Kohle, Möpse, Pinke, Asche, Mäuse, Knete, Pappe, Schotter, Blüten, Kies, Marie, Kröten, Piselotten, Dukaten, Mammon, Patte, Penunsen, Taler, kurz für Geld.

Die göttlichen Irrtümer

Gott, ein Mann der Tat, allmächtig, zeitlos, gelangweilt um der ewigen Diskussion um seinen Zweck, um seine Bestimmung, ja gar um seine Existenz. Müde setzte er seine letzte Hoffnung in die Gedankenprojektions-maschine mit eingebautem Zufallsgenerator, die ihm über die nächste Phase der unendlichen Langeweile hinweghelfen sollte. Eine GTT 250 Turbo mit ESM, GTS, HTT und Strainge-Turbo, neuestes Model.

Die Bedienungsanleitung war in merkwür-digen Schriftzeichen erstellt, und obwohl er so viele Schriften und Sprachen in dieser Galaxis geschaffen hatte, aus der die GTT 250 kam, er konnte sich beim besten Willen genau an diese hier nicht erinnern. Was soll´s, wozu bin ich allmächtig, dachte er bei sich, und übte ein wenig Schöpfung.

Aber das war keine so leichte Aufgabe in der Unendlichkeit, wenn eigentlich nach sechs Tagen alles schon erledigt war, und man nicht so recht wusste, was man denn nun noch schöpfen sollte. Eigentlich lief ja alles recht rund und langweilig. Andererseits musste er die neue GTT 250 unbedingt aus-probieren, und wenn es schon nichts Neues zu schöpfen gäbe, so könnte man auf jeden Fall eine Menge von dem schon geschöpften durcheinander bringen.

Nachdenklich überprüfte er noch einmal die vielen Kontrollschirme, überprüfte die letzten Datenausdrucke und hoffte, dass Petrus wohl schon alles richtig installiert hätte. Die vielen Bilder und Symbole auf den überdimensionalen Flat-Screens liessen ihn erschauern. Er schüttelte mit dem Kopf und dabei streifte sein langer weisser Bart die Tastatur der Katastropheneingabeeinheit, was ein mittelgrosses Erdbeben zur Folge hatte, in der ersten Hälfte des dritten Abschnittes der fünfunddreissigsten Probesimulation, bei der zwei Drittel der Spezies im betroffenen Gebiet elendig ihr unwichtiges Ende fand. Diese Tatsache war insofern uninteressant, da er selber fliegende, grünrot gestreifte Elefanten schwachsinnig fand. Auch die übrigen Mutationen waren nicht unbedingt gelungen. Dreibeinige, blaue, wasserköpfige Wesen, die behende umherstolperten während ihre Köpfe an schnigen Muskelsträngen schaukelten und die nicht eine Nahrungsvorliebe für die Geschlechtsorgane ihrer Artgenossen hatten. Sie würden sich nach wenigen Genera-tionen selbst ausgerottet haben. Gott sah solch kleine Havarien gelassen und erfand zur Korrektur die Evolution.

Oder die Feuer speienden Gliederfüssler, die von Hustenanfällen dahingerafft wurden, nachdem sie die Hölle als ihr Domizil auserkoren hatten, weil sie unter Rauchgas-allergien litten.

Es war für den Herrn frustrierend, die Last der Verantwortung des Schöpfungsaktes ganz allein zu tragen und seine Gedanken fuhren Karussell, während er immer neue Programmmodifikationen vornahm und alle Knöpfchen und Schalter ausprobierte.

Gerade in diesem Moment kam sein Sohn herein, ein Weltverbesserer, vom Friede-Gerechtigkeits-Virus befallenen Sonderlings, dessen Freundlichkeit und Güte sogar den Engeln auf den Heiligenschein gingen.

Und da Gott alles nervte, sagte er, es werde Ruhe, und es wurde ruhig. Es wurde still. Es wurde dunkel. So, wie es am Anfang still und dunkel gewesen war. Über die von ihm geschaffenen und von Wesen unbekannter Art verdorbenen Planeten, ritten die Apokalyptischen Reiter. Sie brachten der Erde, in einer Zeit, als das Tier den Gott verteufelte und den Teufel vergötterte, den lang ersehnten Tod.

Trotzdem war er Herrscher über das Universum, über Anfang und Ende, den zeitlosen und unendlichen Raum, in seiner Gnade und Grausamkeit. Als am Horizont immer noch, und immer wieder, graue, schwere Wolken den entflammten Horizont des Spiralnebels empor stiegen.

Ode an eine Herbstnacht

Wenn der Tag weicht,

so geschäftig er ist, und doch schwer,

so lustlos und beleibt,

und mit der Sonne quälender Strahlen,

den Schweiss den Rücken hinuntertreibt.

Wenn dieser Tag dann endlich geht,

dann kommt, wie schon Novalis erkannte,

die göttliche Nacht,

die uns jung macht und frisch,

die mit leichtem Treiben die Sonne verbannte.

Die Kühle lässt mir die Haut erwärmen,

und Pilz und Kork treibt die Fantasie,

manch Edelmann wird

von der Bettlerin schwärmen,

von dem faltigen Teint mit dem roten Tütü.

Die Göttin der Nacht, Afkaloide, streicht

leicht mit ihrem schwarzen Schleier Spiritus

über die rot glühenden Nasen und Wangen,

und die meisten träumenden Wandler heut Nacht,

haben sich in dem Schleier verfangen.

Sie, die verzaubernde,

forschende, schmeichelnde,

ist kichernd zu den Liebenden gegangen,

sie haucht ihren Atem über sie,

wenn im Rausch sie die Wollust erlangen.

Es zuckt auf dem Lager,

es dampft und stöhnt,

Stakatto, Lust und glückselige Pein,

wer so in die Höhen der Liebe sich ringt,

den lässt Alkaloide nicht lange allein.

Die schwarze Göttin kennt

nur zwei Gestalten,

denen sie zur Dämmerung

ihren Nektar kann unterbreiten.

Die erste ist der Narr, die Närrin,

Alkaloide kann sie nicht lange halten,

die, die nur gelegentlich mit Vorwitz,

ihre Zeiten überschreiten.

Sie naschen nur vom Rand

und nehmen alsbald hier, bald dort,

ein wenig von den Lastern fort,

um dann erschrocken

von der eigenen Courage,

im schnellen Lauf ihr Lager aufsuchen,

aus Angst vor der Blamage.

Die andere Gestalt ist die der Nacht,

die Abends erst erwacht,

sie nascht nicht, sie taucht ein,

sie nippt nicht an des Glases Rand,

sie trinkt den schweren Wein.

Wer die Weisheit erlangen will,

muss bis zum Grunde der Narrheit schöpfen,

die anderen wird man schon vorher köpfen.

Ob's nun die Obrigkeit oder der Sensemann,

die Faden und Langweiler waren immer schon

als erste dran.

Seit dem Abendglockenschlag,

 hat die Gestalt der Nacht,

sich für Alkaloide zurechtgemacht,

 sich vorbereitet auf der Göttin Advent

und sie herbei gehofft.

Da kommen die dunklen Schleier
und umwehen des Mondes Licht.
Es wird ein dämonisches Feiern,
die einen sehen, die anderen nicht,
und ein kühler Hauch weht durch das Loft.

Die Lichter und Lampen
das Glimmen beginnen und schaffen,
hell nebliges Licht, das wie trübe Augen strahle,
die sich widerspiegeln in den gefüllten Karaffen,
an den glitzernden Wänden hier im Saale.

Tumor ist wenn man trotzdem lacht,
und wenn auch leiser, man seine Spässe macht,
und geht hindurch, durch's lange Tor,
den Gang hinab, bald wie ins Grab,
der Gang ist schwärzer als je zuvor,
ich bin kein Narr, ich bin ein Thor!

Der Flügelschlag der kleinen Säuger,

huscht über meinen Kopf,

rauscht seltsam mir im Ohr.

Dann nur noch Stille,

und schweigend schaue ich empor.

Ich hab mich gefunden,

der Sexus in mir kocht, trotz

Frieden, Ruhe und mit mir Einigkeit,

jetzt kann ich geben und bin auch bereit,

mit dir Alkaloide zur Zweisamkeit.

Das Sehen ist ein wenig nur,

oh Königin der Nacht,

dein Schmecken, dein Geruch,

dein leises Atmen in mein Ohr,

das ist der Puls der fröhlich macht.

Dein Atem geht jetzt schwerer,

als wenn der Wind leicht kräuselnd,

durch die letzten Blätter rauscht,leis' säuselnd,

und hier und dort bricht auch ein Ast,

ein kleines Tier läuft fort,

der Winter kommt ganz ohne Hast.

Ich liebe dich, an diesem

nächtens so verrücktem Ort.

Dann wieder Stille, absolut,

als wären alle auf der Hut.

Da! Ein kehliger Schrei!

Es ist, als wenn die Pappel sich duckt,

sich die Weide verbeugt,

als wenn die Tanne zum Abschied salutiert

und das Moos ganz leise und tragisch seufzt.

Der Tag ! Ein Silberstreif am Horizont,

den Tag besiegt sie nie.

Verbitterung entmachteter Aristokratie.

Wo schwindest du hin, du Königin der Nacht,

wo ist des Mondes Lachen,

bleib' hier, du sollst doch über mich,

über meine Träume wachen!

Zwar ist noch hier und da ein wenig

fröhliches Geschrei der Narren,

doch bald kehrt dort auch Ruhe ein,

wenn sie zwischen Gasbeton,

auf ihren Morgen harren.

Vielleicht ein wenig Wein — ich bin allein.

Und doch hab ich mein Fest mit ihr,

Vermählung mit der Königin der Nacht,

die mich die nächsten Stunden,

sicher glücklich macht.

In Ruhe und in Zärtlichkeit umschmeichelt

ihre Kühle meine Haut,

und hält mich doch so warm,

und wenn mich friert, ich zittere,

sie hat mit mir Erbar'm.

Ich bin verrückt
(Eine Untersuchungshaft Impression)

Es ist morgens sechs Uhr, Schlüssel klappern. *„Aufstehen, Schmidt, raus! Oder ich streiche ihnen alle Vergünstigungen!"*

„Es gibt nichts zu tun, ausser Abhängen, warum sollte ich aufstehen – die Gitter anbeten?"

„Ein normaler Mensch steht morgens auf", posaunte er mich an.

„Ein normaler Mensch sitzt nicht im Knast, ausser er ist Schliesser oder Krimineller, oder so wie ich unschuldig eingebuchtet! Und überhaupt, wer entscheidet was normal ist? Untersuchungsgefängnis ist menschenverachtend!"

Es war raus, ich fühlte mich für einen Moment wohler, aber das Funkeln in seinen Augen und die Anspannung seiner Muskeln zeigten mir, ich hatte überzogen, und so stand ich lieber auf und setzte mich auf die Pritschenkante. Er schlug die Zellentür zu, dass es krachte und schloss ab. Ich rollte mich zurück auf meine Pritsche.

Sechs Uhr dreissig – Frühstück – die Zellentür geht wieder auf. Brot, zehn Gramm Halbfettmargarine, zwanzig Gramm wässri-ger

Gelee. Soweit das Futter unter Un-schuldsvermutung – wie muss da erst der Frass in der Haft sein?

„Schmidt, sie sind immer noch nicht gekämmt und rasiert" brüllt mich der Schliesser an, und der Kalfaktor grinste breit, als ich mehr Margarine wollte. *„Wir sind doch hier nicht bei `Wünsch Dir was´"*.

„Wozu rasieren, ich bekomme eh keinen Besuch! Und meine Zelle akzeptiert mich auch so!"

„Kein Frühstück!", schnaubte der Schliesser, riss mir die Back aus der Hand und schlug die Zellentür wieder zu. Kein Frühstück im UG ist eine echte Vergünstigung. Ich machte mir aus löslichem Kaffee und kaltem Wasser einen Frühstückskaffee, dazu eine gedrehte Zigarette.

Aber ich habe wohl ein wenig übertrieben, nun wird mir wohl die laue Psychologin auf die Pelle rücken mit ihrem „wie geht es ihnen damit" oder „was macht das mit ihnen". Die hält mich für ein bisschen ver-rückt, da ist Vorsicht geboten.

Aber die ist süss – vielleicht sollte ich mich doch rasieren?

Der Mensch ist das Opfer seines ignoranten Umfeldes, das sich weigert, seine Seele zu verstehen, wenn diese nicht mit dem Umfeld im Gleichschritt marschiert. Langsam glaube ich, dass die Psychologin doch recht hat, ich bin wohl ein klitzekleines Bisschen durchgeknallt.

Die Welt ist kaputt, erledigt, und ich kämpfe dagegen an. Das ist wie auf der sinkenden Titanic sitzen und mit einer leeren Blechdose das Wasser schöpfen. Und alle schreien: „Hör auf damit, du löst eine Panik aus:"

Aber warum eigentlich Panik? Panik ist eine Vermeidungstaktik. Die Welt ist im Arsch, was gibt es da noch zu vermeiden?

Es ist mir ein Grauen morgens von der Pritsche hochzukommen, meine Knochen zu entfalten und meine schlaffe Cognac-Pumpe mit kaltem Kaffee auf Touren zu bringen.

Wie schon Bukowski sagte, die beiden grössten Erfindungen der Menschheit sind das Bett und die Atombombe. Das eine hält einen aus allem heraus, die andere schafft einen aus allem heraus.

Dann liege ich morgens auf meiner Pritsche und warte auf die Atombombe. Gegen Mittag gebe ich die Hoffnung dann meist auf, obwohl ich die aktuellen Nachrichten gesehen habe und beginne zu schreiben oder zu malen. Ich hasse es dann, mit dem Leben wieder anzufangen, denn wenn ich nachts wieder auf die Pritsche sinke, weiss ich, ich habe zwar viel getan, aber nichts erreicht.

Aber am nächsten Tag bleibt ja wieder die Hoffnung auf die Atombombe, deshalb mache ich auch immer weiter – Prinzip Hoffnung – und deshalb hat die Psychologin wohl doch recht: weitermachen zeigt, dass man halt ein bisschen verrückt ist.

Das Wesen

Das Wesen, der letzte Träger des grossen Geistes, des Geistes, der die Jahrmillionen überdauerte, der die Epochen schuf und überstand, ständig sein Antlitz wechselte und doch der Gleiche blieb. Werkzeug des Geistes.

Er stand an den Klippen, auf einem Felsen, der über das Meer hinausragte, und der Körper, der nur seine materielle Erscheinungsform war, begann sich langsam mit der Natur zu vereinen. Mit jedem Blutstropfen, mit jeder Zelle seiner Haut schien es, als ob ER, das Unendliche, in seinem Bestand aufhörte zu existieren.

Doch das schien nur so!

Er war alt wie die Welt, älter als das Leben, das danach strebte, unsterblich zu sein

Doch er war des Lebens, des Seins, des kleinkarierten Kampfes müde. Für Ihn, in seiner endlosen Beständigkeit hatte das Sein keine Bedeutung, denn genauso wie der Sterbliche nach Unsterblichkeit sehnt, so sehnt sich der

Unsterbliche nach dem Armageddon, um seiner Verdammnis zu entfliehen.

Man reicht dir ein Getränk. Was tun?

Erst einmal dran riechen, dann den Typen
anschauen, ob sympathisch. Wenn stark alkohol-
haltig, dann runterkippen, sonst ablehnen
mit der Bemerkung "Ich trinke nichts alkoholfreies."

Delirium tremens/LuLu

Der kleine Wassermann

Leise gleitet das Boot
über den See, und unter
der Trauerweiden rot, und
gelb und noch viel bunter.

Der Mond gräbt fern
seine Spur in seichte Wellen,
und Fische springen gern,
nach Mücken und Libellen.

Das Blattwerk rauscht drüben,
am Ufer, im leichten Wind,
und in der Ferne hüben,
lacht fröhlich ein Kind.

So schaukeln wir im Wasser, die Hände

fest verbunden, der Puls schlägt,

deine Augen sprechen Bände,

halt - hat sich da nicht was bewegt?

Es ist der kleine Wassermann,

der Liebende belauscht,

er schwimmt ganz gerne leis heran

wenn Aphrodite sie berauscht.

Hörst du wie er vor Freude,

das Wasser glucksen lässt und lacht?

Er hat das heute auch mit uns,

in der Dämmerung gemacht.

Von Anbeginn

Da jeder Anfang auch ein Ende ist, das Ende des Vorhergegangenen, und jedes Ende auch ein Anfang, der Beginn des Neuen, so muss der Tod nur eine andere Erscheinungsform des Lebens sein.

Kein Mensch käme auf die Idee, sich an einen Bach zu setzen und die Geburt der neu heranfliessenden Wassertropfen zu begrüssen, und auch niemand würde trauern, um die hinwegfliessenden Wassertropfen. Man betrachtet den Bach, in seiner Gesamtheit, und erkennt, es fliesst. Dabei ist der einzelne Tropfen zwar wichtig für das Ganze, aber der Verlust eines Tropfens würde nicht auffallen, es sei denn, den Tropfen um den einen herum.

Es sind schon viele Tropfen verdampft, ohne dass es dem Strom des Lebens aufgefallen wäre, wichtig ist, den Fluss der Tropfen zu erhalten, damit der Strom des Lebens nie versiegt.

Zu schnell ist der Fluss der Zeit, um sie mit Jammern und Wehklagen zu erfüllen, es gilt, sie sinnvoller zu nutzen. So entsteht das Leben aus dem Tode und der Tod aus dem Leben, und so lasset Eltern der Dünger für die Kinder sein, und die wiederum für die Kindeskinder und so fort.

Dann aber schickte sich der Mensch an, seine Zeit zu verlängern und entzog der nächsten Generation die Nahrung des Todes.

Nun begannen die Menschen mit Gevatter Tod um einige Tage, Stunden und Minuten zu ringen, unter unsäglichem Schmerz und Leid, und konnten kein Ende machen, um den neuen Anfang der nächsten Generation zu gewähren.

Der Albtraum des lebenden Todes wurde Wirklichkeit, und Zombies wanden sich in Pflegeheimen einem unwürdigen Ende entgegen und die Wirklichkeit wurde des Todes. Das Bild, das sich anbot und die raue Musik, die das Desaster schrieb, ist eine Sinfonie des Verderbens und eine Hymne auf die Dummheit der falschen Erkenntnis.

An einigen Stellen färbt sich der Globus rot, dann immer mehr, bis er für kurze Zeit der Sonne gleicht. Die Schwärze der Nacht bricht über den Planeten herein, die Erde trägt Trauer und der Tod holt sich die Zeit, die man ihm stehlen wollte, auf einen Schlag zurück. Die Zeit ist der Tod, und sie schreitet unbeirrbar voran. Du kannst dir hier und da etwas borgen, aber wenn die Uhr des Lebens schlägt, wird abgerechnet, und dann sei zu stolz, um nach Sekunden zu betteln.

Annäherung

Es ist hinlänglich bekannt, dass ich für die Gleichberechtigung der Frauen bin. Das heisst für mich gleiche Rechte bei gleichen Pflichten, und weibliche, kompetente Vorgesetzte sind für mich kein Problem. Aber Quotenfrauen … brrr …!!!

Auch bewundere ich die meisten Südamerikanerinnen, die selbstbewusst sind, ohne ihre Weiblichkeit auszuschalten, ja ihr Selbstbewusstsein genau daraus ziehen.

Ich hatte mich, mal wieder in Hamburg, in der Wexstrasse niedergelassen und genoss meinen Single-Malt, weil meine eigenen Bestände leider erschöpft waren.

Ich sinnierte selbstzufrieden und Chips kauend in einer Ecke vor mich hin, nippte an meinem Glas, als von der Seite eine weibliche Hand durch meine Haare fuhr und sich ein Bein an meinem rieb.

„Ooooch, bist du ein Süsser!"

Eine sieben Bier Annäherung. Ich taxierte sie. Linke Szene. Eine jener bürgerlichen Heulsusen, die Steaks essen aber Rinder nur streicheln. Der Typ, die es auch mit fünfunddreissig noch therapeutisch nötig haben, die Widersprüche ihrer Jugendjahre durch Mitarbeit bei der taz oder Radio 100 aufzuarbeiten, dabei aber mangels Talent keine Lorbeeren ernten, frustriert sind und deshalb abends ihre Lebenspartner mit Weltschmerz foltern oder sie einmal wöchentlich allein lassen um durch die Szenekneipen zu ziehen und durch einen Aufriss ihr Selbstbewusstsein wieder aufpäppeln.

Ich musterte sie weiter, denn sie klebte förmlich an mir, und musste feststellen, auch als One-Night-Stand ungeeignet. Hageres Gesicht mit verbiesterten Zügen die krampfhaft zu einem Lächeln gemeisselt waren, unterernährt um jung zu wirken, eine echte Plattdeutsche, modisch overdressed für diesen Laden und nach zwei weiteren Drinks komagefährdet.

Ich rang mir ein höfliches Lächeln ab und gab bekannt, dass ich in festen Händen sei.

„Was bisndu füreiner", lallte sie, *"wohl schwuuul oder impotent?"*

Ich versuchte noch einmal ein Lächeln.

„Nein, treu!"

Ich streifte ihre Hand von meinem Oberschenkel, stand auf und wandte mich zur Tresenbedienung, um zu zahlen.

„DerHerrhatmischeineladen", stand sie etwas wackelig und um Gleichgewicht ringend hinter mir.

Lästig.

Die Dame hatte über hundert Euro auf der Uhr, und ich lehnte ab, das zu übernehmen.

„Sorry, ich kenne die Dame nicht", sagte ich dem Wirt. Der Wirt grinste.

„Ist schon ok, die Dame ist bekannt, ihr Mann wird sie später auslösen".

Ich zahlte meine Malts und drehte mich zum Gehen, musste mich aber erst noch von ihr lösen, was ich möglichst höflich versuchte.

„Isch bün eine emanschipierte Frau, dasch lasch isch mir nischt gefallen", lallte sie laut protestierend hinter mir her und stabilisierte ihr Gleichgewicht mit einem Barhocker.

In diesem Moment wurde mir schlagartig klar, warum die Geburtenziffer bei uns durchsackte und immer mehr Männer schwul werden oder Single bleiben.

Ich jedenfalls habe im Zeichen der weib-lichen Emanzipation meinen alten Ehering rausgekramt (ich bin seit 16 Jahren glücklich geschieden) und trage zur Sicherheit ein paar Fotos meiner Kinder bei mir, als sie noch Babies waren. Das schreckt wenigstens die meisten ab.

Kritiker

Ein Kritiker sagte mir, nachdem er einige Bilder von mir angesehen hatte: „*Sie beginnen an dieser Stelle sehr intensiv, formenreich und differenziert, arbeiten mit Detailreichtum und intensiver Farbsprache und kräftigem Strich – dann aber merkt man, sie lassen nach, werden Lustlos und Sie füllen den Rest der Leinwand recht profan, ja geradezu schluderich!*"

Ich war erschrocken! Hatte er Recht? Ja und nein.

Zu Anbeginn ist tatsächlich eine gespannte Intensität da – das Motiv skizzieren, die Idee festhalten mit groben Pinselzügen und intensiven Schwüngen – dann aber ist alles gesagt und der Rest wird möglichst wenig störend gefüllt.

Ist das falsch? Vielleicht! Vielleicht sollte ich den Rest der Leinwand einfach frei lassen, unbemalt. Aber dann wäre es unfertig, jedenfalls fühlte es sich für mich unfertig an.

Oder sollte ich eine kleinere Leinwand wählen? Nur dann wäre die Spannung raus, die Leere der restlichen Fläche fehlte, das habe ich schon ausprobiert. Es ist schwierig!

Wenn ich einen Text schreibe, und er gibt auf der letzten Seite nur noch eine Halbe oder nur wenige Zeilen her, dann habe ich das gleiche Problem, diese wenigen Buchstaben auf dem leeren Blatt stören mein ästhetisches Empfinden. Nur im Text gibt es einfache Mittel, um dieses schlimme Problem zu lösen. Ich formatiere den Text statt in zehn Punkt Schrift in neun oder elf Punkt um die Seite weiter zu füllen oder zu leeren. Oder ich mache den Rand um einen Zehntelmillimeter breiter, und schon verschwindet die halbe Zeile auf der letzten Seite.

Aber ein Bild reformatieren? Gut, als ich noch mit PC-Malerei arbeitete, da war das möglich, aber deshalb bin ich ja gerade auch weg von der PC-Malerei, denn ob ihrer Perfektion waren diese Bilder tote Abbilder von meinen Ideen und von etwas, das einmal gelebt hatte; ausserdem kann man einen guten Arbeitsmonitor nicht mit ins Gelände nehmen, so wie meine Staffelei.

Den Rest der Leinwand also genauso schwungvoll oder akribisch füllen? Geht gar nicht!

Wenn die Energie für die Idee, für das Gefühl verbraucht ist und das psychedelische

Œuvre abgeflaut, dann ist auch keine Energie mehr da, den Rest noch in gleicher Weise zu füllen.. Also werde ich den Rest weiter profan füllen – vielleicht gehört das zu meinem Stil, den mir so viele Kritiker absprechen wollen.

Die letzte Reise nach Luxemburg

"Let`s line up" murmelte er und schob die Gläser beiseite. Aus einem Silberdöschen schüttete er eine heftige Portion Schnee auf den Spiegeltresen und versuchte mit einem Bierfilz eine praktikable Pulverlinie zu ziehen. Während er den Hunderter umständlich einrollte, versuchte er gleich-zeitig krampfhaft das Gleichgewicht zu halten. Dann drehte er prahlerisch seinen Kopf in die Runde, damit auch alle etwas von seiner Aktivität mitbekamen, senkte die Mini-Schultüte auf die weisse Spur und machte dann Geräusche wie ein alter Vorwerkstaubsauger mit Filterproblemen.

Die Tresenschlampe zwinkerte einer halbseidenen Dame mit Hängebrüsten zu, strich mit dem Finger einem frischen Bier die Schaumkrone ab und stellte es am Tresenende in das Wirrwar von angetrockneten Getränkeringen in eine Konpfütze.

Die beiden dort sitzenden, besoffenen Touris, offensichtlich norddeutsche Landeier, die sich hier ins Nachtleben verirrt hatten, grinsten ihr zu, und mit den Worten "nich lang schnacken, Kopp in´n Nacken", stürzten sie sich ihre Biere in die Kehlen, wie andere einen Kurzen.

Das war eine Art, wie man diese Heimat für gestrandete Seelen am Hauptbahnhof von Luxemburg betrachten konnte.

Ich hatte eine andere. ich war gerade hereingekommen, überblickte die Szene und wusste, ich bin zurück.

Die Dame drehte sich zu mir um und ihre schweren Brüste federten in ihrem einteiligen Kleid elastisch nach, da sie durch keinen Büstenhalter gebremst wurden.

"Hey Uwe", rief sie entzückt, dabei streckte sie mir ihre Arme entgegen und verliess ungelenk ihren Hochsitz um mir mit ausgestreckten Händen entgegen zu torkeln. Sie sackte mir in die Arme, rieb sich an mir und ich küsste sie auf ihre vom Haarspray verklebten Locken, denn sie reichte mir gerade einmal bis zur Brust. Sogleich schob sie mir ihre kleine, fleischige Hand in dire hose und knetete mein bestes Stück zur Begrüssung. Zum Tresen gewandt lallte sie: "Hausmarke, Sonja!"

Wir stellten uns nebeneinander an den Tresen und sie knuddelte und knutschte mich unentwegt und war ganz aus dem Häuschen.

"Du bist lange nicht mehr hier gewesen!"
"Ja, viel zu lange."
Sie drückte mich ganz fest. Der Staubsauger schaute mit irrem Blick zu uns herüber und mein Wonneproppen knabberte mit Hingabe an meinem Ohrläppchen. Dafür musste sie sich auf Zehenspitzen stellen.
"Dachte schon, du kommst nie mehr wieder."
"Und ich hatte nicht im entferntesten darauf gehofft, dich hier wieder zu treffen."
"Wo soll ich denn hin, ich werde hier verschimmeln. Oh man, wie freue ich mich, dich wieder zu spüren. Wollen wir gleich rauf gehen und später dann einen zur Brust nehmen?"
"Andere Reihenfolge," entgegnete ich, *"hast du noch dein Zimmer?"*
Sie nickte, stiess sich von mir ab, peilte die Musikbox an und überwand die kurze Entfernung in wenigen unsicheren Schritten. Dann drückte sie alle Hans Albers Platten und noch ein paar von Freddy. Ich ging zu ihr, nahm sie in den Arm und wir tantzen nach "Hopla, jetzt komm ich", "Auf der Reeperbahn" und "Junge komm bald wieder".

Immer, wenn ich früher in Luxemburg war zog es mich hier, im Bahnhofsviertel, in die

114

Hans Albers Klause, meist zwei, dreimal im Jahr, aber das letzte Mal vor drei Jahren. Und jedes Mal war Maja hier. Maja war immer hier, und empfing mich stets, als hätte sie nur auf mich gewartet. Zuerst dachte ich, es wäre wegen des Geschäfts, aber später wusste ich, es galt mir.

Maja heisst mit bürgerlichem Namen Elke Harms und kommt ursprünglich aus einem kleinen Dorf in der Nähe von Aurich. Sie ist mit siebzehn von zuhause ausgerissen und in diesem kleinen Puff am Bahnhof von Luxemburg gestrandet und hat sich als Brandungsmuschel in der Hans Albers Klause festgesetzt.

Damals war Luxemburg noch das Mekka der Drogenszene und der Finanzhaie, und es war viel los hier am Bahnhof. Hauptsache LSD, Meskalin und einheimische Gebräue aus heimischen Alkaloiden wurden vertickt.

Seit ich Maja Ende der siebziger Jahre, bei meiner Flucht mit dem Wohnmobil vor der deutschen Steuerfahndung hier kennen lernte, war sie hier und wurde von Jahr zu Jahr jünger, solange man im Bodoier das Licht ausliess.

Früher schaffte ich es, sie drei bis viermal im Jahr zu besuchen, um bei ihr anzudocken, aber das Geld ist knapp geworden und inzwischen hatte ich auch Kinder, und so hatte ich mich die letzten Jahre nicht mehr blicken lassen. Und doch war der Empfang immer so herzlich, als wäre ich gestern zuletzt hier gewesen.

Jedesmal wenn ich kam empfing sie mich mit ausgestreckten Armen. Sie lief dann immer auf mich zu, ich ergriff sie und drehte mich dann mit ihr um meine eigene Achse, so wie man ein kleines Mädchen empfängt, das dem Papa nach langer Trennung in die Arme läuft.

Als wir uns das erste Mal begeneten, war ich ihr erster Kunde und auch ich war zum ersten Mal in einem Bordel. Insofern waren wir beide auf unsere Art jungfräulich zusammen gekommen, und damals blieb ich ein ganzes Wochenende bei ihr.

Es lief noch Freddy Quinn, wir tanzten einen Slow Fox danach und meine Bandscheiben schätzten Maja heute gut und gerne auf hundertzehn Kilogramm entzückende Rundungen und ihre fünfundneunzig doppel Die Brüste kämpften mit der Schwerkraft, so wie mein Bauch.

Wir gingen völlig ausser Atem zurück an den Tresen und tranken die essigsaure Hausmarke. Sie strahlte mich an, mit ihren blitzenden Augen und ihre Wärme liess, wie immer, ein Gefühl von Heimat aufkommen.

"Du bist weiss geworden - und fett."

Ich nickte, tätschelte die Polster auf ihren Hüften und gab ihr einen Kuss auf die Nasenspitze.

"Ja, kleine Maus, du wirst auch immer schöner."

Wir mussten beide herzlich lachen. Sonja, hinter dem Tresen, öffnete eine neue Hausmarke und stellte Kanonenrohre neben die Sektkelche. Kanonenrohre sind Sektgläser, die man bis zum Boden befüllen kann, also ohne Stile, die sich nach oben konisch öffnen. Sie überragten die Kelche um einiges.

"... Komm doch, süsse Kleine, sei die meine..." tönte Hans Albers inzwischen zum wiederholten Male aus der Musikbox, aber keine der Gäste schien das ernsthaft zu stören.

"Brennende Theke", rief Sonja und die Gäste im Laden schauten kurz neugierig auf. Die B52 Bomber Cocktails hatte ich mal mit meinem damaligen Freund Rafael als Begrüssungsritual eingeführt. Danach kam der

Ruf immer wieder, wenn ich mal wieder hier auftauchte. Jeder Gast am Tresen bekam solch ein Kanonenrohr und im nu war der Tresen eng umringt. Das untere Drittel wird mit Strohrum gefüllt, dann kommt eine Schicht Eierlikör, vorsichtig mit einem Löffelrücken darübergelegt und zum Abschluss eine Schicht Jägermeister oder Ratzeputz darüber. Zum Abschluss dann noch einen winzigen Schluck hochprozentigen Wodka zum anzünden.

Als Sonja alle Kanonenrohre befüllt hatte ging sie mit einer Wunderkerze am Tresen entlang und entzündete alle B 52- Bomber. Das war dann die brennende Theke, das Begrüssungsritual für mich.

Dann instruierte sie die Gäste, wie das zu trinken sei und rief Abwurf, das Zeichen für alle, das Geschoss auf Ex in sich hinein zu kippen, ohne zu atmen. Bei mir explodierte die Speiseröhre.

Früher fand ich das toll, weil ich als Einziger mindestens sechs davon schaffte, bevor ich vom Hocker rutschte, heute schien schon der erste mein Untergang zu werden. Ich rang um Luft und bemühte mich um Haltung.

Ich bin alt geworden. Auch Maja schaffte nur einen Schluck, um die Flamme zu löschen und schüttelte sich.

"Ich hab Hunger, wo können wir essen?"
"Ich hab noch ein paar Dosen auf´m Zimmer."
Das war aus Maja´s Mund als Drohung aufzufassen, daran konnte ich mich noch lebhaft erinnern.
"Nein, ich will richtig essen gehen."
Sie nahm meine Hand: *"Komm!"*

Ich zahlte, half ihr Gentlemen like in den Mantel, sie hakte sich bei mir ein und wir gingen. Wir schlenderten und schaukelten wortlos durch die Strassen im Bahnhofsviertel, eng aneinander gelehnt, und dabei synchronisierten wir unsere Schritte.
"Ist es weit zu laufen?"
Sie schüttelte den Kopf.
"Bist du noch verheiratet?"
Ich schüttelte den Kopf.
"Wirst du wieder heiraten?"
Ich antwortete nicht.
"Was für ein Auto hast du jetzt?"
"Einen alten Ford Fiesta."
"Was ist mit deinem Thunderbird?"

"Verschrottet. Ich bin pleite, so richtig plei-
te. Alleinerziehender Vater mit zwei halb-
wüchsigen Kindern"
Sie blieb stehen und schaute mich an. Ich
zeigte mit dem Finger auf meine blaue Rost-
laube mit Dachgepäckträger, die ich an der
Strasse gegenüber geparkt hatte. Wir standen
jetzt fast unter ihrem Appartmentfenster und
ihr fragender Blick traf mich.
"Keine Sorge Deern, für´s Wochenende
reichts noch."
"Aber wir gehen zu Fuss",
entschied sie energisch, mit einem Blick auf
mein Gefährt.

Wir landeten bei einem Griechen und assen
eine wagenradgrosse Grillplatte mit Lamm,
Zicklein, Fasanen und Wachteln, aber auch
Rinder- und Entenbrust. Ein Fischteller und
eine Gemüseplatte ergänzten das Mal. Wir
assen schweigend, bis der erste Hunger ge-
stillt war, langsam und genüsslich, tranken
geharzten Wein und genossen unsere Zweisamkeit.
"Bleibst du in Luxemburg?"
Es war Melancholie in ihrer Stimme.
"Nein, ich will nur morgen nach dem Konto
schauen."

"ist das hier ein Abschiedsessen?"

"ich bin doch gerade angekommen."

"Weich mir nicht aus."

"Du weisst doch wie es läuft. Ich habe Kinder, sie leben bei mir, ich liebe sie, ich muss doch zurück."

"Ist Hamburg schön?"

"Ja, aber vor allem ist Hamburg meine Heimat, meine Familie ist dort, ich gehöre zu ihnen."

"Wie lange bleibst du?"

"Ein paar Tage, solange das Geld reicht."

Ich erhob mich ein wenig von meinem Stuhl, küsste sie zärtlich auf ihre Wange, ihre Nase, auf ihre Augen. Eine Träne rollte über ihr Gesicht. Als ich wieder sass wanderte ihr Fuss zwischen meinen Beinen empor, bohrte sich in meinen Schritt und knetete was sich ihr entgegen reckte. Der Wirt räumte ab und brachte zum Abschluss noch einen Uzo. Dann gingen wir spazieren.

"Von wo bist du gekommen, wieder aus Holland?"

"Nein, aus dem Rothaargebirge."

"Was hast du da gemacht?"

"Ich bin da in einer psychosomatischen Kur, hab mir ein paar Tage Urlaub genommen."

"Du bist in der Klapse?"

"Naja, nicht direkt, aber kann man so sagen."

"Entzug? Alkohol?"

"Nein, Depressionen."

"DU?"

"Ja, ich."

"Ist doch wegen Alkohol, sei ehrlich, oder Drogen!!"

"Nein, Scheidung, Trennungsschmerz."

"Dann gehen wir jetzt zu mir."

"Warte Kleines, ich möchte die Aussicht auf die Berge noch ein wenig geniessen."

Wir setzten uns auf eine Bank am grossen Denkmal und schauten in die Schlucht, die quer durch die Stadt läuft, Hinüber auf die Kasematten. Bei meinem letzten Besuch hatten wir eine Führung durch das Höhlen- und Kasemattensystem mitgemacht, und uns dann seitwärts in die verbotenen Höhlen verdrückt und uns heftig geliebt. Später hat uns die Polizei dann dort herausgeholt. nebeneinandersitzend streichelten und liebkosten wir uns.

"Denkst du auch an unsere Höhlentour?"

Ich nickte und gab ihr einen langen Kuss.

"Hast du schon einmal daran gedacht, eine andere Arbeit zu machen?"

"Nein, ich will nichts anderes."

"Du wirst nicht jünger."

"Ekel. Ich habe genug Stammkunden, und die werden auch älter."

"Und als Hausfrau?"

"Du spinnst ! Du bist pleite !!! - Mir wird kalt, lass uns gehen."

Wir gingen zurück Richtung Bahnhof.

"Bist du sauer?", fragte ich.

Sie blieb stehen, umschlang mich mit ihren Armen und küsste mich lang und innig.

"Es ist wie es ist, lass es so, ich bin damit glücklich."

Schweigend gingen wir zurück zur Hans-Albers-Klause, nahmen noch zwei Flaschen Sekt und zwei Kübel Lambrusko zum mixen mit und gingen hinauf zu ihr ins Zimmer.

Sie war noch genauso schön wie immer immer, nur mehr, und ihr Zimmer war immer noch genauso plüschig und puffig ein-gerichtet, als wäre die Zeit einfach stehen ge-blieben. Meine kleinen Mitbringsel standen immer noch in Reih und Glied auf dem Regal, nur der Computer unter dem Fenster war neu.

Sie legte Lilli Marleen auf den Plattenspieler, richtige grosse Vinyls und wir liebten uns auf dem Bett in die Vergangenheit.

Als ich am Morgen aufwachte, schlief sie tief und fest mit einem zufriedenen Lächeln. Irgendwie war die Welt in Ordnung. Das weisse Seidenlaken war um ihren fülligen, weichen Körper drapiert, wie auf einem Rubensgemälde und die Sonne warf Lichtstreifen durch die roten Vorhänge, so das man den Staub in der Luft tanzen sehen konnte.

Ich betrachtete ihre Schönheit lange, küsste ihre rechte Brustwarze, die steif und fest auf ihrem grossen Busen thronte, wie die Erdbeere auf einem leckeren Desserttörtchen. Sie wachte auf und umschlang mich fest mit ihren Armen.

"Ich geh in die Oberstadt, Frühstück einkaufen und mein Konto auflösen, ein leeres Schwarzgeldkonto macht keinen Sinn mehr. Ich bin in einer Stunde zurück, schlaf noch ein wenig, ich weck dich dann mit Frühstück."

Sie drückte mich noch einmal fest an sich und gab mir einen langen, hungrigen Kuss. Dann tastete sie sich küssend über meine Brust, zwickte mich mit den Zähnen in meine Brustwarzen und wanderte so kosend über meinen Bauchnabel immer tiefer hinab. Dann hatte sie ihr Ziel erreicht und ihre warme Mundhöhle umfing mein Gemäch. Sie ging zielgerichtet vor, ohne weitere Umschweife oder Spielereien und schon in wenigen Minuten ergoss ich mich in sie. Mit einem zufriedenen Lächeln wickelte sie sich ins Laken und flüsterte: *"bis nachher."*

Ich zog mich an und ging in die Oberstadt. Es war ein wunderbarer Tag, die Sonne schien und die Luft war lau. Ich genoss den langen Spaziergang und die Einkäufe in der Boulongerie und der Boucherie, kaufte für sie noch einen bunten Strauss Rosen in rot, rosé, gelb und weiss, die sie so liebte und für mich eine Stange 80er Drehtabak und noch allerlei Köstlichkeiten. Die jetzt nutzlosen Konten waren aufgelöst und bepackt wie ein Maulesel machte ich mich auf den Rückweg.

Aus der Ferne sah ich auf dem Parkplatz vor ihrem Appartment eine Menge Blaulicht, das machte mich neugierig. Ich ging zu meinem Wagen, verstaute alles im Kofferraum und ging dann auf das Aufgebot von Polizei und Rettungswagen zu, das vor unserem Hotel aufgebaut war. Die Neugierigen versperrten die Sicht und es hagelte einige Flüche, als ich mich in die vordere Reihe an die Absperrung durchdrängte.

"Eine nackte Frau ..." raunte es aus den Reihen der Schaulustigen, *"... gesprungen ..."* und *"... aus dem dritten Stock ..."* wurde von woanders ergänzt.

"Warum?"

"keine Ahnung, ich hab nichts gesehen."

Mir ward mulmig, irre Gedanken schossen mir durch den Kopf. Aber kann ja garnicht sein, Blödsinn.

Dann sah ich, wie sie Maja in den Blechsarg hoben. Ich drängelte mich unter der Absperrung durch, wollte zu ihr. Ein Polizist hielt mich fest.

"Aber ich muss zu ihr, mein Gott, was ist passiert?"

"Sind sie mit der Dame verwandt? Haben Sie was gesehen?" fragte der Polizist barsch.

"Nein, ich bin gerade erst gekommen, aber ich bin ihr ..."

"Zurück hinter die Absperrung !"

Mein französisch war zum streiten zu schlecht, und ich sah noch, wie sie über ihr den Deckel schlossen. Ich schrie auf und Tränen schossen mir in die Augen.

"Warum nur, WARUM !!! Warum?"

Ich ging zu meinem Wagen, musste mich fangen. Hinter meinem Scheibenwischer klemmte ein kleiner, rosaner, gefütterter

Briefumschlag. Ich riss ihn auf und las, was auf dem Kärtchen stand:

Unsere Zeit ist um,
und ich habe nie gelernt,
Abschied zu nehmen,
es ist besser so,
verzeih mir
Deine kleine Maja.

Ich nahm eine der Schnapsflaschen und trank in langen Zügen, trank in tiefen Zügen und so gut ich nur konnte. Immer wieder las ich ihre Zeilen, bis sie sich durch meine Tränen auflösten. Auch ich hatte nie gelernt, Abschied zu nehmen.

Als ich im Auto aus meinem Rausch erwachte, war es Nacht. Ich startete den Motor und fuhr zurück in die Klinik nach Bad Berleburg. Seit damals habe ich es nie wieder übers Herz gebracht, nach Luxemburg zu fahren.

Feuerwerk

128

Deutsches Roulette

Bei uns geht das

Schlag auf Schlag

und ohne Pardon

der Schaden

dem Nachbarn

dem fremden Gesocks

der Stadt des Feindes

den Irren, den Krüppeln

und wenn es sein muss

bis zur vorletzten Kugel.

Mit der letzten dann

durch den Mund

in den deutschen Kopf.

16.05.2012

Schon erschienen bei BoD in der Reihe

EDITION Schmidt´s

(Die Bücher sind erhältlich bei Amazon und in jeder Buchhandlung. Sie sind als e-Books und in Buchform erhältlich und liegen in allen europäi-schen Staatsbibliotheken zum lesen aus.)

Band 01 (196 Seiten, 120 x 190 mm, farbiger Einband, 12,99€ e-Book 9,99€)

Einige Fussel aus meinem Leichentuch, pre mortem oder die Saat der wilden Siebziger.

Hier einige Kommentare auf Amazon:

- Ein Buch an dem man nicht vorbeikommt. Lachen, schmunzeln und Nachdenkliches bilden ein Kaleidoskop guter Unterhaltung. Ein ideales Geschenk und ein guter Reisebegleiter. Auch den zweiten Band habe ich mir reingetan - wunderbar. Nun warte ich gespannt auf den dritten Band. Sehr empfehlenswert.

- Dieses Buch habe ich - obwohl ich nicht gerne lese verschlungen. Die Geschichten sind meist kurz genug, um schnell mal eine zu lesen. Und sie entspannen einen. Die Geschichten sind aus dem Leben gegriffen: Mal zum Nachdenken, mal zum Lachen. Die Sprache ist einfach, aber nicht eintönig. Man kommt schnell rein in jede Geschichte und kann sich gut in den Erzähler und die Situation hinein versetzen.

- Es sind vor allem Geschichten der Zwischen-
menschlichkeit, aber nicht der unbedingt gewöhnli-
chen oder einfachen.
Es macht einfach Freude, dieses Buch zu lesen -
oder auch vorzulesen, wie ich kürzlich feststellte.

- Das Buch versetzt einen in seine eigene Kindheit in
den 70er Jahren zurück. Es ist aufregend, aber auch
ein wenig verrückt geschrieben. Auch künstlerisch
hat sich der Autor in diesem Buch verewigt, die Bilder regen sehr zum Nachdenken an. Ich lese selten
bzw. fast gar keine Bücher, aber dieses Buch wurde
mir von einer sehr guten Freundin empfolen und ich
rang mich durch es an zu fangen. Nun habe ich es
bereits fast durch gelesen und habe mir bereits den
Nachfolger bestellt. Kann es nur jedem empfehlen,
der entweder wieder die 70er erleben oder wissen
will was wohl die Eltern so getrieben haben.

- Ich habe das Buch schon vor einiger Zeit gelesen -
habe mir aber fest vorgenommen, es nochmals zu lesen, jetzt wenn ich über die Feiertage etwas Zeit
habe.

- Es kommt extrem selten vor, dass ich ein Buch ein
zweites Mal in die Hand nehme. Aber "Einige Fussel aus meinem Leihentuch" ist amüsant, tiefgründig
und macht sehr nachdenklich.
- Gerne lese ich das Buch ein zweites Mal um immer
wieder Neues zu entdecken und abzutauchen.

Band 02 (196 Seiten, 120 x 190 mm, farbiger Einband, 13,99€ e-Book 10,99€)

„Mehr Fussel aus meinem Leichentuch pre mortem oder die Saat der wilden Siebziger"

Hier einige Kommentare auf Amazon:

- Bin wieder begeistert, wie vom ersten Band. Besonders das Goggomobil und Gestrandet sind wunderbare Geschichten. Muss man gelesen haben. Ich freue mich schon auf Band III

- Das erste Buch war es schon wert, gelesen zu werden, das zweite steht dem in nichts nach: Besonders die Geschichte "Goggomobil" lohnt sich. Man kann sich die Lausbuben und ihr Treiben richtig gut vorstellen; es macht Spass, diese Geschichte zu lesen, man muss oft lachen und manches Mal kommt man auch ins Träumen, wie es wohl gewesen sein muss, in den 60ern als Jugendlicher zu leben.
Aber auch die anderen vielen kleinen Geschichten lohnen sich, besonders auch, da es eine bunte Mischung, und daher für jeden Geschmack etwas dabei ist. Die wild eingesträuten Bilder runden das Buch ab.

Im Mai 2014 erscheint bei BoD in der Reihe

EDITION Schmidt´s

(Die Bücher sind erhältlich bei Amazon und in jeder Buchhandlung. Sie sind als e-Books und in Buchform erhältlich und liegen in allen europäi-schen Staatsbibliotheken zum lesen aus.)

Band 17

ES - Die endlose Existenz

Im Buch I seines philosophischen Hauptwerkes setzt sich Uwe Schmidt mit der Philosophie der Moderne auseinander, gibt uns einen Einblick in die Welt der Multi-versen, des Energiegitters und zeigt uns einen Weg auf, wie wir dem biologischen Zeitkäfig entrinnen können, um selbst an der Mehrdimensionalität zu partizipieren. Folgen sie ihm auf dem Weg in eine angstfreie Zukunft, hinaus aus der Dualität von Gut und Böse, in eine Welt der Möglichkeiten und des persönlichen Erfolges.

Alle Kommunikationsadressen zu

UweSchmidt:

E-Mail Adressen:

Allgemeine Nachrichten: filosof@gmx.net

Friedensarbeit: Friedensini.HH-Bramfeld@web.de

Friedensini.Bramfeld@t-online.de

Malerei: UweSchmidtArt@gmx.de

Schriftsteller/Lyriker: UweSchmidtAutor@alice.de

Philosophie/Soziologie: filosof-uwe@freenet.de

Politische Texte+Ideen: pamphlet_poet@yahoo.de

Private Kontakte: LISSCUS@web.de

Postanschriften: Uwe Schmidt
                        Bramfelder Chaussee 252
                        22177 Hamburg

                        Uwe Schmidt
                        c/o Europäischer Friedenspfad
                        Postfach 710 404
                        22164 Hamburg

T Telefon: 040 – 432 66 187
F Fax: 040 – 432 66 188
H Handy: 0177 - 649 35 57

Notfall - Handy: 0152 - 251 60 811
Bitte nur in Notfällen, Missbrauch wird ge-
ahndet!!

Hier die geballte Ladung, wie ich zu errei-
chen bin. Am sichersten erreichst Du mich a)
per Fax und per Festnetz mit AB (so er ein-
geschaltet war), denn das wird immer sofort
erledigt, wenn ich nach Hause komme. b) per
Mail, denn die wird beantwortet, sobald ich
mein Händezittern unter Kontrolle bekomme
-grins- c) über Handy so die Akkus aufgela-
den sind, ich ein Netz habe und dann noch
den verdammt leisen Klingelton höre oder d)
per Brief, meist erst nach einer Woche, wenn
ich mal wieder das Postfach leere, aber dann
sicher umgehend
-smile-.

(c)   Uwe Schmidt